長編超《スーパー》伝奇小説
書下ろし
魔界都市ブルース

菊《きく》地《ち》秀《ひで》行《ゆき》

天使《てんし》たちの紅《あか》い影《かげ》

NON NOVEL

祥伝社

CONTENTS

第一章　舞い下りし者たち　9
第二章　色とりどり　35
第三章　過去の足音　63
第四章　恋情《れんじょう》の歪《ゆが》み　91
第五章　陰陽の回転　117

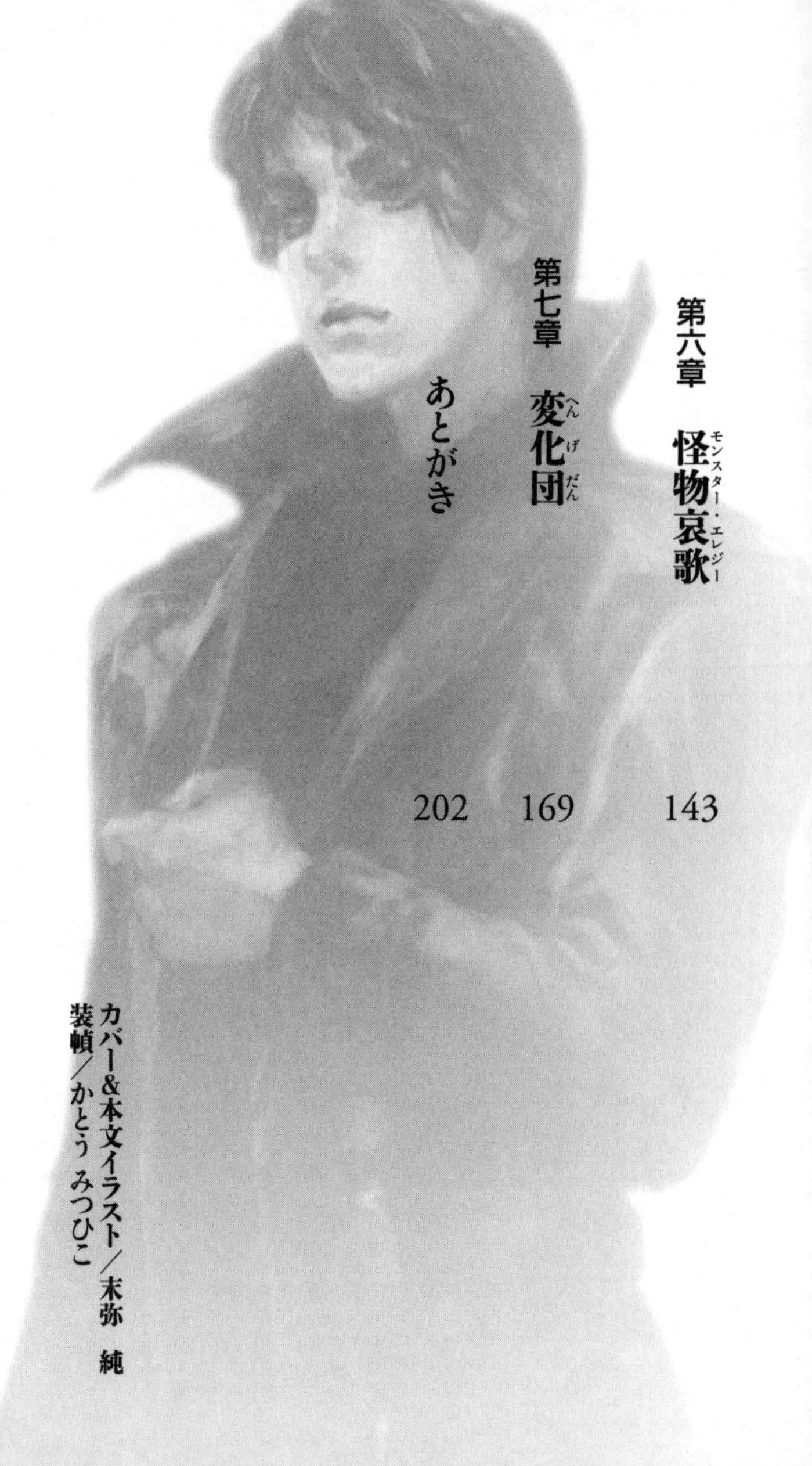

第六章　怪物哀歌《モンスター・エレジー》　143

第七章　変化団《へんげだん》　169

あとがき　202

カバー&本文イラスト／末弥　純

装幀／かとう みつひこ

二十世紀末九月十三日金曜日、午前三時ちょうど――。マグニチュード八・五を超《こ》す直下型の巨大地震が新宿区を襲った。死者の数、四万五〇〇〇。街は瓦礫《がれき》と化し、新宿は壊滅《かいめつ》。そして、区の外縁には幅二〇〇メートル、深さ五十数キロに達する奇怪な〈亀裂〉が生じた。新宿区以外には微震さえ感じさせなかったこの地震は、後に〈魔震《デビル・クエイク》〉と名付けられる。

以後、〈亀裂〉によって〈区外〉と隔絶《かくぜつ》された〈新宿〉は急速な復興を遂《と》げるが、その街を産み出したものが〈魔震〉ならば、産み落とされた〈新宿〉はかつての新宿であるはずがなかった。早稲田《わせだ》、西新宿、四谷《よつや》、その三カ所だけに設《もう》けられたゲートからしか出入りが許されぬ悪鬼妖物がひしめく魔境――人は、それを〈魔界都市“新宿”〉と呼ぶ。

そして、この街は、哀しみを背負って訪れる者たちと、彼らを捜《さが》し求める人々との物語を紡《つむ》ぎつづけていく。あらゆるものを切断する不可視の糸を手に、魔性《ましょう》の闇を行く美しき人捜し屋《マン・サーチャー》――秋《あき》せつらを語り手に。

第一章　舞い下りし者たち

1

　せつらがそのギター弾《ひ》きの噂《うわさ》を耳にはさんだのは、七月の初旬——すでに〈新宿〉全体から立ち上る瘴気《しょうき》が熱を帯び、あらゆる通りで行き倒れが続出する最中《さなか》であった。

　青ざめ、眼を剝《む》き、口から泡を吐く患者を最寄りの病院へと運ぶ救急車のサイレンを遠く聞きながら、美しい黒衣《こくい》の若者は、〈四《よ》ツ谷《や》駅〉近くの喫茶店で、ぼんやりと〈新宿通り〉を眺《なが》めていた。

　窓際の席ではない。窓からいちばん離れている。それでも、サングラスがなければ、窓ガラスの向こうは通行人の顔で埋め尽くされ、通りには恍惚《こうこつ》とへたり込む人々で交通渋滞を免《まぬが》れまい。

　ウエイトレスが、クリーム・ソーダを運んで来た。せつらの顔を見ないようにしているのはいいが、来店時に目撃してしまったものだから、足はもつれ、盆《トレイ》を持つ手は震えて、中身が暴れるグラスを、せつらが間一髪《かんいっぱつ》で受け止めたほどである。

「あのお」

　とぼけているというより寝呆《ねぼ》けているような口調で話しかけられ、ウエイトレスは昏倒《こんとう》しそうになる身を必死で耐えた。

「は、はい」

「この前、うちでクリーム・ソーダをこしらえたんだけど、僕がやると、ソーダ水にクリームを入れた途端に、ぶわあと泡が立って、グラスから溢《あふ》れてしまう。どして？」

「あ、それなら」

　若い顔がさらに恍惚となった。彼女は答えを知っていたのだ。

「グラスに氷を入れて、クリームはその上に載《の》せるんです。それでぶわあとなりません」

「へえ」

　せつらはうなずいて、ありがとうと言った。

立ち去ろうとして、三歩進んだウエイトレスの足が止まった。

小さく――この曲、と洩《も》れた。

「あの人が弾いてた」

と言って、ウエイトレスは去った。来たときよりもしっかりとした足取りであった。

アルハンブラの想い出
永遠の通俗曲を使って、束《つか》の間《ま》せつらの魔法を破ったものが何処《どこ》かにいるらしかった。

店を出るときのレジ係も同じウエイトレスだった。

「何処で聴《き》いたの？」

それだけで呑《の》み込めたらしい。

「〈歌舞伎町《かぶきちょう》〉の〝ダイアナ〟」

〈ゴールデン街〉近くの小さなバーである。ギターの生演奏が売りで、有名無名のミュージシャンに、独特の音を爪弾《つまび》かせて夜を過ごす。ヘボさに怒った客が弾くときもあるという。


外へ出て、バス停の方へ歩き出したとき、せつらはもう、店の名も忘れていた。何故《なぜ》、尋《たず》ねたのかもわからなかった。


バスを降りて〈秋《あき》せんべい店〉の見えるところまで来ると、怪事の出来《しゅったい》が見えた。

アルバイトの女子大生が、店の外で震《ふる》えている。

店内に人影が見えた。

「あれ？」

と口を衝《つ》いた。この季節にソフトとオーバー姿だ。俯《うつむ》いた顔はよく見えなかったが――

「でっかい」

品川巻《しながわまき》や大判ざらめの入った商品ケースの横に、奥への上がり口があるのだが、かなりの大男でも優に上がれるそこに、軟らかい岩のような人物が詰まっている。

「どした？」

声をかけると、女子大生は身をすくませてからふり向き、せつらの胸に顔を埋《うず》めて、戸口を指さした。

「あの人が……あの人が」

と訴える。

「何かされた?」

激しくかぶりをふって、

「あの顔が――怖《こわ》くて」

〈区民〉がこういうのは珍しい。怪物じみた連中どころか、そのものを四六時中眼にしているからだ。

「まあまあ」

となだめてから、

「どれどれ」

と怖《おそ》れげもなく店内を覗《のぞ》き込むと、何とか顔くらいは見えて、

「あ」

とせつらも驚いた。

〈秋人捜し《DSM》センター〉の六畳間に収まったのが、せつらにも奇蹟《きせき》に思えた。

正座した客へ、彼がまず口にしたのは、

「それ――脱ぎませんか?」

であった。オーバーのことである。

客は――大汗をかいていた。ズボンの膝《ひざ》に幾《いく》つもの染みができている。厚いウールだ。大概《たいがい》の滴《しずく》なら平気で撥《は》ね返してしまう。

「気にするな」

と応じた。声はせつらの頭二つ上あたりから降って来た。身長は二メートルを超えて三メートル近い。

「いや、暑くないですか?」

「ない」

「それはそれは」

せつらはデスク脇の冷蔵庫から冷えた麦茶を取り出し、グラスに注いで、

「どうぞ」

と卓袱台《ちゃぶだい》の上に置いた。

革《かわ》手袋をはめた手が下りて来て、グラスを摑《つか》ん

で、ぐびりと飲んだ。ひと口で、グラスは戻った。

ままごとのサイズに見えた。

「美味《うま》い」

鉄と鉄がこすれ合うような声である。

「それはどーも」

なぜか、しみじみとうなずいてから、

「で」

と促《うなが》すと、巨人はぼそぼそと、

「お代わり」

「はあ」

人間らしいなと思いながら、注ぐと、それもひと飲みで、

「あの」

「人を捜《さが》してもらいてえ」

「はい」

「女だ。名前はデイジー。二十歳《はたち》になったばかりの凄《すげ》え美人だ」

「はあ」

「おっと——おれはモンパルナス」

「パリのお生まれ？」

「知らん」

これくらい愛想のない客も珍しい。それどころか、せつらの顔を見ても太いゲジゲジ眉《まゆ》ひとすじ動かさないときた。

「写真をお持ちですか？」

「無《ね》え」

と言い放ってから、

「けど——会えばすぐわかる。それくらいいい女だ」

「はあ」

こういう依頼は山ほどあるから、せつらも気にしない。

記憶が重い口を開かせたらしく、ひびの入った分厚い唇がせわしなく動き始めた。

「おれとデイジーは、ヨーロッパで生まれた。国も場所もわからねえ。おれのほうが少し年上だったと

思う。おれの顔をどう思う?」

いきなり、真正面からどんと来た。

醜貌《しゅうぼう》にもほどがある、とせつらは思ったかもしれない。夜道で出食わしたら、普通の人間は逃げる前に失神するだろう。

額《ひたい》にかかる髪は長く黒くちぢれ、幅広い額には横一文字《いちもんじ》に傷痕が走って、あろうことか、針金で縫い合わされている。

半《なか》ばまで瞼《まぶた》で隠された白目は黄色で、眼球ばかりが青い。皮膚全体が染みひとつないが、乾《かわ》いた粘《ねん》土《ど》のようにひびが入り、黄色ときた。見事なのは米のような輝きを放ちながら、通常の倍もある歯列であった。生物というのは、何処かに救いがあるらしい。

「個性的ですね」

と言うと、男——モンパルナスの口元に、初めて笑いが浮かんだ。

「〈門《ゲート》〉を渡ってくる前は、マスクをつけなきゃ外を歩けなかった。だが、この街は違う。怖がりも呆《あき》れもするが、誰も逃げ出さねえ——いい街だ」

「はあ」

「おれとデイジーは何年も何年もヨーロッパの国々をさまよった。少しすると、おれたちの知識も増え、それ以前にも、それなりの記憶が蓄《たくわ》えられていたことがわかってきた。だが、この顔はどうしようもない。おれたちの旅路を支えてくれたのは、デイジーの美しさとギターだった。いつ何処で覚えたのかはわからねえ。近くで野営していたロマの歌声や、旅先の酒場から洩れて来た音楽を吸収したのかもしれねえ」

不意に巨体が身を乗り出した。凄《すさ》まじい怒りと悲しみの気が、怒濤《どとう》のごとくせつらの全身に叩《たた》きつけ、押し流そうと渦を巻いた。

「だが、忘れるな。デイジーはどんなときもおれだけを愛していた。石畳の道で大道芸人の真似《まね》をしても、いかがわしい店でギターを爪弾いても、どんな男にもなびかなかった。あいつもおれだけを愛していたからだ」

「………」

「ところが――」

モンパルナスの声が、急に悲痛さを帯びた。

「四年ばかり前、おれはスイスの村のカーニバルで、この顔を罵《ののし》った村人どもをぶちのめしてしまい、三年間牢《ろう》につながれた。デイジーはその間に姿を消してしまったんだ。おれは夢中で捜した。そして、ここに辿《たど》り着いたんだ」

モンパルナスは溜息《ためいき》をついた。疲れと悲しみが滲《にじ》んでいる。その中にかすかな歓《よろこ》びの感情があった。

「〈魔界都市〉と言ったな……確かに物騒なところだが、おれやデイジーには救いの街だ。デイジーもそれを知って、逃げ込んだに違いねえ。おれにはわかるんだ」

「どうして待っていなかった？」

とせつらは訊《き》いた。

「わからねえ。男が出来たんじゃねえことは確かだ。そんなこたあり得ねえ。何かあったんだ。けど、正直どうでもいいこった。おれんとこへ戻ってくれりゃ文句なんかねえ。また昔と同じ生活を送る。二人で世界中を旅してもいい。この街に腰を落ち着けて暮らしたっていいんだ。牢屋ん中で、隣の房にいた奴《やつ》から、手品を教えてもらった。今度はおれがそうやって、あいつを食わせてやる。恩返しだ」

せつらにぶつかって来たのは「本気」だった。この奇怪な巨人の思いは、まぎれもない思慕《しぼ》であった。それを抱《いだ》いた相手に、死ぬ気で報《むく》いようとしているのだ。

「幾《いく》つか質問しても？」

「お、おお」

「殴《なぐ》った相手は何人です？」

「九――いや、一〇人だ」

「死人は？」

巨人はあわてたふうに手をふった。

「おれも前とは違ってた。殴っただけだ。ひとりも殺しちゃいない」

「前は殺してた」

「二〇年も前だ。どこへ行っても、みんな泣き出すか逃げやがる。それならそれで、自信が持てた。おれは怖い人だぞと。ところが、最近の餓鬼《がき》どもは平気で笑いこけやがる。はやしたてもする。自分の眼ん玉をひん剝いて、嫌がらせもしやがる。そんなときは容赦《ようしゃ》なく腕をへし折り、足ももぎ取ってやった。ひっこ抜いた首を、そいつの家に窓から放り込んでやったこともあるぜ」

「なるほど」

この返事が気に入らなかったのか、

「おい、このせいで、デイジーがおれから離れて行ったんだと、ひとり合点するなよ。あいつはそんな女じゃねえ。いつもおれに同情して、そんなことを言う奴は、バラバラにされて当然だと、肩を持ってくれた。な？　どれだけおれたちが深くつながっていたか、わかるだろう？」

「では、どうして？」

「何度も訊くなよ。おれにもわからねえ。何か事情があったんだ。そんなこたどうでもいい。デイジーと会えれば、あとはおれたちで話し合えば済む。あんたは捜し出してくれさえすりゃいいんだ」

「わかりました」

当然だというふうに巨人はうなずき、

「じゃあ頼むぜ。そうだ、携帯の番号を教えるよ。連絡はそこへくれ」

オーバーの内ポケットから、携帯らしい品を摑み出すと、せつらに向けた。

ぴいという音が長くして、熄《や》んだ。番号が投影されたのだ。

「それじゃあな」

巨人は立ち上がった。空気がふたたび揺れた。

「時間も金も糸目はつけねえ。ちゃあんとデイジーを捜し出してくれ。早けりゃ特別ボーナスを出すぜ」

「それはどうも」

部屋の半分を占めているような巨体が、器用に三和土《たたき》へ下りるのを、せつらは感動的な眼差《まなざ》しで見つめた。

座敷から下りるとき、

「それからな、ヘンなものを巻きつけてくれるな。内緒でそんなことをされるのが、いちばん嫌なんだ」

「失礼」

せつらは微笑を浮かべた。巻きつけた妖糸《ようし》に対する巨人の見立てに感動したのである。滅多《めった》にない依頼人なのは間違いなかった。

その足で、せつらは「ダイアナ」へ向かった。月の女神の名をつけている割には、狭苦しいその辺によくあるパブであった。人ひとりがかろうじて収まる円形舞台があり、一応照明もついている。

すでに九割の席は埋まっていた。

店の前に貼ってあった、マジックインキ書きの特製ポスターには、

「またも登場、すでに伝説と呼ばれて神のギターを弾く男——暮馬芽以戸《くればめいと》」

とあった。

「外国人にあらず」

とせつらはつぶやいた。

いちばん前の席が何故か空いていた。

厄介《やっかい》なものを感じながら、せつらはそこについた。

2

店内に、こういうアトラクションに集まる人々のものとは思えぬ静かな期待感が充満していることに、せつらは気がついた。

思いは熱い。だが、それは客たちの内部に深く沈潜し、熱狂を拭《ぬぐ》い去った、ひめやかな期待となって開演を待ちわびた。

そんな気分が、恋に近いことを、せつらは感じていたかどうか。

舞台横の戸口から現われた店長らしき男が足早に舞台に乗ったとき、失望の声が会場を埋めた。男の表情に気がついたのである。

「えーと、みなさん、申し訳ありません」

男は頭を下げた。そんな仕草《しぐさ》も声も、営業的と形容がつく代物《しろもの》だった。

「本日、暮馬芽以戸さんは、体調を崩して休むとの連絡がたった今入りました。もちろん入場料はお返しいたしますが、急遽《きゆうきよ》、代演のプレイヤーとして、安西数馬《あんざいかずま》氏を用意いたしました。もちろん、お聴きいただける方には、入場料の返還は致しません」

最前列の娘たちから、

「何よ、その言い草」

「暮馬さんは何処にいるの？」

「火ぃつけるわよ」

「やっちゃえ」

全員、ハンドバッグから特殊警棒やら厚切りナイフやら麻痺銃《パラライザー》やらを手に、男を取り囲んだ。

「ま、待ってくれ」

血相変えた男の周囲で武器がふりかぶられた。

「およしなさい」

低いが貫禄《かんろく》がひと桁《けた》違う声が制止を命じた。

茜《あかね》色のスーツを身につけた三〇近い婦人であった。胸もとから覗くダイヤのネックレスは本物だし、スーツはシルクだ。

何よ、とふり向いた娘たちが急に迫力を失った。自分たちよりずっと小柄な婦人の放つ人間《ひと》としての格の違いに圧倒されてしまったのだ。

娘たちが戸口へ向かうと、婦人は胸を撫《な》で下ろしている男へ、

「どこにいるの、あの方は？」

と訊いた。

「『エイドリアン』です。〈旧・区役所通り〉を上がって、〈バッティング・センター〉の向かいにある店です。引き抜きの相談でもしてるんですよ」

せつらが店を出て一〇メートルほど進むと、

「あなたも『エイドリアン』へ？」

正体はわかったが、せつらは無視した。

足音が走って来て並んだ。

「あの店に残ってたのは、暮馬さんの居場所を知るためだったんでしょ。私が代わって訊いてあげたんだから、付き合ってくれてもいいいんじゃない？」

声が左脇に並ぶと、芳香が鼻をくすぐった。

「ジバンシー」

「あら、よくお判《わか》りね」

先刻の婦人は、せつらの方を見ず、

「いちばん匂いのきつくないのを選んで来たつもりだけど――あなたファッション業界の方？」

「いえ」

「そうよね。そんな顔してたら、たちまち世界一のファッション・モデルだわ。かといって芸能関係の雰囲気でもないし――ねえ、〈新宿〉にドクター・メフィストに美貌《びぼう》で匹敵《ひってき》する人捜し屋さんがいるそうだけど、ひょっとして？」

せつらは答えない。面倒臭かったのと、深入りしそうな予感があったのである。

「秋せつらさん――そうでしょう？　ねえ、暮馬さんに何の御用？」

そら来た、と思った。

せつらは足を速めた。

「ちょっと――待ってよお」

婦人はそれでも追って来た。

その前で、せつらの身体《からだ》が舞い上がった。

「あーっ!?」

意地悪、待ってよおと叫ぶ声が遠ざかってすぐ、妖糸が翼を与えた黒い若者は、一〇秒とかからぬうちに、「エイドリアン」のネオン看板がきらめく店《てん》舗《ぽ》の前に着地を成功させた。

　小さなビルの玄関を入ってすぐの店である。

二〇坪ほどの明るい店内の中央で、ギターケースを膝に載せた若者と、七三《しちさん》分けのコールマン髭《ひげ》がテーブルをはさんで向かい合っていた。あと四人――黒スーツにネクタイの屈強な男たちが、周囲を囲んでいた。脅《おど》し用を兼ねたガードマンかやくざだろう。

　他にも客はいるが、知らんぷりだ。カウンターの向こうにいるバーテンも眼をそらしている。

　コールマン髭は、ここで次の手を考え、実行に移した。

「この条件でも駄目かね。こう言っちゃ何だが、まだ海のものとも山のものともつかない一介《いっかい》の新人には、途轍《とてつ》もない好条件だと思うけどなあ」

　ちょっと危《やば》い店にいけば、幾らでも聞ける口調と内容の声であった。

　明るい声がこう応じた。

「月給三〇〇万で、奴隷《どれい》になれ、と?」

「最初は誰でもそうさ。こんな街でも売り出しにそれなりのものはかかるしな」

　奴隷という呼び方を否定しないのが、この街の芸能プロダクションらしかった。〈区外〉の新人よりは相場の高いのが、〈新宿〉流だが、三〇〇万というのは確かに破格といえた。

「売り出すスタッフも一流どころを揃《そろ》えた」

　コールマン髭の説得には諦《あきら》めのかけらもなかった。一枚のメモを若者の手元へ滑《すべ》らせ、

「新曲の作曲、作詞は彼らだ。ここ三年、出す曲すべてがミリオン・セラーなのは知ってるな。〈区外〉は勿論《もちろん》、海外でも大受けして、ベロニカ・ローンの曲は、全米で三千万枚、グラミー賞も六部門を独占した。その彼らが全力で君の売り出しに協力する」

「断わっておくけれど、僕は芸術家《アーティスト》を気取るつもりはない。立錐《りっすい》の余地もない会場を見るのも楽しいし

ね。だけど、僕の歌と曲をコントロールするのは僕だ。僕しかできないんだ。ねえ、『グレイランサーの投げ槍《やり》』を聴いたことは？」

「勿論あるとも」

「その二人も？」

「無論」

「で――何と言ってた？」

コールマン髭の顔に、はじめて曖昧《あいまい》な表情が浮かんだ。彼は眼を閉じて、首を横にふった。

「確かにあれは奇蹟的な曲だ。私の知り合いのすべては、似たものなら幾らでも作れるが、あのメロディを生み出すのは不可能だと明言した。同時に、君以外のアーティストが弾くのも無理だとな」

コールマン髭は、ここで次の手を考え、実行に移した。

「他の曲すべてもそうだ。これには、おそらくあらゆる音楽関係者が舌を巻く。しかも名曲ばかりだ。一本の駄作もない。私がはじめての音楽関係者の訪問者だと聞いて、正直呆れているよ。私の前にいるのは、世界ではじめての大才能なのに」

「ひと月三〇〇万円」

若者が淡々と言った。

「いや、だからそれは――」

さすがに困り果てたコールマン髭の様子に、若者は苦笑を浮かべた。

「あなたの誠実さは充分にわかりました。失礼ですが、あの方たちの新曲の譜面をお持ちですか？」

「いや、まだ未完成だ」

「そらで歌える部分は？」

「さわりだけなら少々」

「聴かせてください」

「よかろう」

コールマン髭は喉《のど》にも自信があるらしかった。

一〇秒ほど店内を心地《ここち》よいメロディが流れた。

「けっこうです」

若者はこう言って、まだイケそうなコールマン髭の歌唱をやめさせ、ギターケースを開くと、オーソドックスなアコースティック・ギターを取り出して、同じ曲の弾き語りをはじめた。

同じ曲だとはわかった。だが――

愕然《がくぜん》と自分を見つめる男たちと、客たちの視線に気づいているのかいないのか、若者は、

「わかりましたか？」

と訊いた。

「これまで聴いたこともないひどい曲と歌い方でしょう。意図的にしたのではありません。他人の曲を口ずさんでも弾いても、僕の場合こうなってしまうのです。稀代《きたい》の音痴《おんち》だと仰《おっしゃ》いな」

「いや……その……」

コールマン髭はひと撫でして顔の汗を拭って、

「君ね、そんなことはあり得んよ」

と言った。

「いいえ」

「――自分の曲も歌も奇蹟といっていい男が、他人の曲となると、音痴どころか幼児の遊びになってしまう。確かにわざとやっているのではない。こんな歌い方は意図的にはできん。本物だ。君は天才的作曲家兼歌手なのか、それとも世界に冠たる音痴というべきなのか」

「両方です」

若者は悪びれるふうもなく言った。

「僕の曲を僕に歌わせるしか、あなた方の儲《もう》けは出ません。それでもというなら、月一億円で身売りをしたいと思いますが」

さっきから衝撃のあまり両眼を閉じていたコールマン髭は、ようやく眼を開いて、

「時間をくれたまえ」

と言った。

「それはかまいませんが、ここで別れたら、もう会えないかもしれません。決まった居場所はありませんし、電話も持っていない。他の会社も動いているかもしれません」

「おい、流し風情《ふぜい》が調子に乗るなよ」

コールマン髭の右に陣取った黒服が凄《すご》みを効かせた。

「よせ」

とコールマン髭が止めたが、男は無視した。

「たかが一〇〇人くらいにキャアキャア言われてのぼせ上がってるんだろうが。てめえくらいの歌手は腐るほどいるんだ。奴隷だの何だのはその万倍も客を集める連中の台詞《せりふ》だろうが。さっさとその条件を呑まねえか」

暴力沙汰《ざた》をさんざんこなしてきたと一目瞭然《いちもくりようぜん》の声と凄みの風を真っ向から浴びて、若者は蒼白《そうはく》になった。

「なんですか、あなたは――」

「怖いなあ」

怯《おび》えきった声は、男の耳に心地よく響いた。

「そうとも、とっても怖いお兄さんだぜ。さあ、さっさと受けろ」

「やです」

悲痛だが、はっきりとした口調であった。

「なにイ？」

男が胸ぐらを摑んだ。

「よさんか」

コールマン髭が舌打ちした。

「そうだ、よせ」

せつらは、止めに入った声の方を見た。

スーツにネクタイのリーマン姿が立ち上がっていた。三〇前だろう。必死の形相《ぎようそう》だが、大した度胸だ。

別の用心棒が近づいて、その肩をそっと叩いた。

「兄さん――気の迷いだよな、大人しく見てようぜ」

リーマンはその手をふり払った。

「やめろ」

「この野郎」

用心棒が拳《こぶし》をふり上げた。

「やめねえか」

リーマンの横のテーブルについていた大兵肥満《だいひょうひまん》の男が立ち上がった。同じテーブルの二人も一緒だった。全員、凄まじい体躯《たいく》を備えていた。用心棒たちよりも、ひと廻《まわ》り大きい。

「お知らせしときます」

とカウンターの向こうから、店主が声をかけてきた。

「そちら、〈区外〉から来てるプロレスラーの方ですよ。明日から興行だそうです」

用心棒は舌打ちして、後じさった。距離を取ってから拳銃を抜いた。リボルバーである。サイズからして、マグナム弾装塡《そうてん》だ。

「いい加減にしろよ」

用心棒たちの右後方にあたる席の男であった。右手のレーザー・サイト付きグロックは、用心棒たちと同じ種類の人間であることを物語っていた。

「こんな店で拳銃《どうぐ》見せやがって。おい、それをおれに向けたら容赦しねえで射《や》るぞ」

「そうだ」

若い声が叫んだ。

「そうだ」

と別の声が和した。

「出てけ」

「出てけ」

「出てけ」

店中に響き渡るシュプレヒコールは、客たち全員が放ったものである。みな若者の味方であった。

「野郎」

用心棒たちは、なお対抗しようと試みたが、コールマン髭が止めた。

「よせ——出るぞ」

さっさと立ち上がってレジへ行き、若者の方をふり向いて、

「今日は退散するが、私は諦めんよ」

とどめを刺すように宣言して出て行った。

後を追った男たちの中で、最後のひとりは辛抱《しんぼう》のできない性格らしかった。

戸口でふり向いた。

右手のリボルバーは若者に向けられていた。

引金《トリガー》を引いたが、弾丸はとび出さなかった。引いたはずだと思って、男はもう一度引き絞ったが、指は動かなかった。

手首から先が、美しい切り口を見せて床へ落ちたのは、次の瞬間であった。のみならず、それは見えない力に操《あやつ》られるように、自身へ銃口を向けたではないか。

鮮血を撒《ま》き散らす男へ、

「掃除代」

とせつらは声をかけた。

訳がわからぬまま、別のひとりが万札をレジへ置いて、男もろとも出て行った。

若者が立ち上がり、一同を見廻《まわ》して深々と頭を下げた。

「ありがとうございました」

店をゆるがす拍手が起こった。

「気にすんな」

「コンサート行くわよ」

若者は頭を掻《か》きながら、せつらの方を向いた。

「話がある」

とせつらが言った。

3

「まいったなあ」

〈ゴールデン街〉の一軒で、巨人からの依頼を話すと、若者——暮馬芽以戸は、こりゃいかんといった感じで笑い出した。

「そんな——三メートルもある大男なんて会ったこともありませんよ。まして、そんなふうで名前がモンパルナスだなんて。で、僕がデイジー？　やめてくださいな。第一、僕は男ですよ」

「それはわかるけど、一度、会ってみない？　遠くから見るだけでいいけど」

「遠かろうと近かろうとお断わりします。やめてくださいよ、ギターが弾けなくなってしまう。これでも指は繊細《せんさい》でなきゃならないんですからね」

「連絡先を教えてもらえない？」

「悪いけどお断わりします。こんな話はもう忘れ去らないと、いつまでも残りそうで困ります」

「うーむ」

「一体全体、どうして僕がそのデイジーだと思ったんですか？」

「勘《かん》」

「はあ」

と溜息をついて、

「それよりも、あなた、秋さん——今度のコンサートに来てくれませんか？」

「え？」

芽以戸は真正面からせつらを見つめていた。頰《ほお》の紅潮《こうちょう》はいうまでもないが、せつらを映す眼の光が他人とは違った。

美に惑《まど》わされてはいない。

映したせつらの奥に、確たる自我が燃えていた。

「僕は耳を傾けてもらうのが商売です。ですから、ひとりでも多くの人に聴いて欲《ほ》しい。爪弾くとは、そういうことなんです」

「悪いが興味ない」

せつらの言葉はにべもなかった。

動揺が芽以戸を捉えた。

「そんなこと言わないで」

「べえ」

せつらは立ち上がった。

「待ってくれ」

芽以戸はコートの裾《すそ》を摑んだ。

「お金なら幾らでも。だから——」

せつらはその手をふり払って歩き出した。

その背中へ、こう言葉でぶつかった。

「モンパルナスとかいう人に会うと言ったら⁉」

悲痛な叫びといえた。

せつらはふり返って笑いかけた。

店にいる全員がとろけた。みな二人を注視していたのである。

「連絡先」

前の経緯《いきさつ》はすべて忘れた、今さえよければ正《まさ》しくオッケーの返事であった。


せつらはモンパルナスと連絡を取り、明日の正午、〈新・コマ劇場〉前で待ち合わせと決めてから、芽以戸にもそう伝えた。


翌日、一台のタクシーが〈青梅《おうめ》街道〉から〈大ガード〉を抜け、〈歌舞伎町〉へと続く〈一番街〉の端で停止した。

後部座席から降り立った人影を見て、通行人は全員、眼を剝いた。車線を越えたタクシー同士が、二カ所でぶつかったほどである。

どう見てもタクシーに収まりっこない三メートル近い巨体を季節に挑むオーバーに包んだ巨人は、凄まじい風貌《ふうぼう》ながら、何処か浮き浮きしているように見えた。

おそるおそる料金を受け取った運転手は、大あわてで、

「お客さん、これじゃ多すぎですよ」

と万札の一枚を押し戻そうとしたが、巨大な客は血色《ちいろ》の眼を優しく細めて、

「いいから取っときな。あって困るもんじゃねえだろ」

強引に握らせ、〈一番街〉へと歩き出したその足下に、銀色の円筒が垂直に落ちて来た。

超小型ナパーム弾は、巨人を中心に、半径五メートルを油性の炎塊《えんかい》で包んだ。七〇〇〇度の炎は、通行人たちの服を燃え上がらせ、露出した肌に火ぶくれを作った。

「済まねえ、みんな済まねえ」

炎の中で巨人の声が詫《わ》びた。

「みんなおれのせいだ。許してくれ。治療代は後で必ず届ける。やったのは誰だ？　アリエット公爵か？　ドスティ市長か？　ギーボー大佐か？　いいや、この程度でおれを殺せると思った以上、新人だな。見とけ！」

人型の炎が上体を曲げるや、右の四指を貫手《ぬきて》の要領でアスファルトに突き入れた。ひと息で五〇センチ四方の塊をめくり上げ、頭上へと投げた。

二発目のナパーム弾を投下するタイミングを測《はか》っていたドローンは、マッハ三で飛来したアスファルトを避けることができなかった。

高度一〇〇メートル。落下する破片に直撃された通行人の頭は割れ、無事なものは逃げまどった。路面も陥没した。

しかし、何より沿道の者たちを驚愕させたのは、あちこち炎と黒煙の名残《なご》りを留《とど》めながらも、男のオーバーもズボンもマフラーも、七〇〇〇度の炎を無効にしたことである。

上空を見上げ、

「片づいた」

と歩き出す巨軀《きょく》は、次の攻撃という考えもない無《む》雑作《ぞうさ》ぶりであった。

その左右に、またも二機のドローンが降下して来たのである。

巨人がふり向く前に、四本の円筒が巨人の脇腹に吸い込まれた。

長さ三〇センチ、直径五センチのミサイルの頭部は、接触と同時に二〇センチほどのドリルを露出させ、毎秒三〇〇〇回転で巨人の体内に沈めた。

巨人の身体が膨《ふく》れ上がるや、その九穴《きゅうけつ》から炎を噴出させて倒れた。不死身の肉体も内臓を焼け爛《ただ》れさせては、その機能を失ったのである。

かがやく美貌が駆けつけたのは、ドローンがとび去ってから数分後、パトカーと〈救命車〉が到着し

たのと同時であった。ひと足先にやって来た芽以戸も一緒だ。

「僕たちと遭遇《そうぐう》する前にやられた。ドローンはこの辺で網を張っていたんだ。彼の住処《すみか》を知らなかった証拠だ。しかし、ここへ来るのを知っていた――おまえか？」

じろりと睨《にら》みつけても全く迫力のない美貌の前で、芽以戸は、とんでもないと右手をふった。左手のギターケースが揺れる。

「誤解だよ、誤解。今日のことは誰にもしゃべってない」

「本当《ほんと》に？」

「本当《ほんと》！」

「となると、前から彼を狙《ねら》ってた奴か」

それにしても、待ち伏せ地点を考えれば、せつらたちとの邂逅《かいこう》を承知していたとしか考えられなかった。

せつらは〈救命隊員〉に近づき、

「〈メフィスト病院〉？」

と訊いた。

「はい」

救急車ならぬ〈救命車〉は、〈メフィスト病院〉に所属する。この地点ならどう考えても徒歩一〇分足らずの病院へ戻るだろう。

「乗っても？」

と訊くと、

「それが、今日はこの前に三人収容しておりまして」

「わかった」

〈救命車〉が走り出してから、せつらは芽以戸へ、

「来るよね？」

彼は手で鼻と口を覆《おお》い、

「正直、勘弁《かんべん》して欲しいんですが、ここまで来たら乗りかかった舟です」

「オッケ」

二人は、立ち入り禁止テープが張り巡らされだし

た現場を離れて、〈旧・区役所通り〉を曲がった。

受付で〈救命車〉の話をすると、受付嬢は顔色を変えて、院長室へ連絡を取った。

通信器を戻し、

「第三応接までおいでくださいとのことです」

ソファにかけると、白い院長が入って来た。

芽以戸を紹介する前に、せつらは何か感じたものか、

「どうした?」

と訊いた。

「死体が逃げた」

せつらの反応は、

「はあ?」

だけだったが、芽以戸は凍りついた。この街ならよくある話に慣れていないのだ。

「あのでかいの——死んでなかった?」

「いや、〈救命車〉内で、スタッフが死亡を確認した。それが、〈旧・区役所通り〉を曲がったところで、ベルトを切って起き上がり、後部のドアを開けてとび下りたという」

「止めなかった?」

無理だよなと思いつつ訊いた。

「麻痺銃《パラライザー》を撃ったが、効きもしなかったそうだ」

とメフィストは言い、

「しかし、三メートル近い巨体は、驚くなかれ、車内の瓶《びん》一本壊さなかったという。まるで超一流のバレリーナかダンサーの動きだったそうだ」

「何処へ行った?」

当てにもしない問いだったが、意外な返事が戻って来た。

「ドクター・ランケンの病院だ」

芽以戸がせつらを見て、

「知ってます?」

と訊いた。

「まさか」

「そうですか」

だが、せつらはこう続けた。

「まさか――〈たそがれ医院〉を知ってるって？　〈新宿〉へ来たのは、二日前だそうだ。予備知識があるにせよ、本気であそこへ行ったとは、ちょっと――」

「そのとおりだ」

メフィストもうなずいた。

「死から甦《よみがえ》った男の行く先としては、正解だ。あそこなら、死者のメンテナンスも引き受けるだろう」

「早いとこ、つぶしたら？」

「本気で言ってるのかね？」

メフィストに見つめられ、せつらはそっぽを向いて、ラララと口ずさんだ。メフィストは続けた。

「つぶしたくても、誰ひとり手の打ちようがあるまい」

それは、〈魔界医師〉にも当て嵌《は》まるという意味か。

「彼は行けると思う？」

せつらはメフィストを見て訊いた。

「わからん。だが、たまに努力は報われる。心底《しんそこ》の願いから生まれた努力なら、或《あ》いは」

「どーも」

せつらは立ち上がった。

「そちらの噂は聞いている」

とメフィストは言った。相手は芽以戸であった。

「たいそうスリリングなギターの弾き手とやら。一度聴いてみたいものだ」

せつらは茫洋《ぼうよう》としてはいなかった。きょとんとしている。メフィストがこんなことを言うとは、想像の外だったのである。ぼんやりとつぶやいた。

「聴いてみたい？　――人間のギターを？」

「たまには、ね」

メフィストは、芽以戸に薄く笑ってみせた。

「あの――あのお、本当ですか？」

芽以戸はおずおずと訊いた。

「何がかね？」

「僕のギターを聴きたいって」

「そのとおり」

せつらの眼が光った。芽以戸の顔は興奮に赤くふくれ上がり、天国を見たような表情を湛《たた》えていた。

「だったら、次のコンサートにいらしてください。ただ、場所も時間も決まってませんが、後で連絡します」

「それはありがたい――では」

メフィストが出て行くのを待って、せつらは、

「また連絡してもいい？」

と訊いた。

「え？　え？」

芽以戸は眼を白黒させて、

「それは勿論。でも――危ない目には遇《あ》いたくないんです。ドローンでナパーム弾だなんて」

「それから、ドリル爆弾」

せつらがとどめを刺した。


「とにかく、そんな目には遇いたくない。これきりにしてください」

「できればそうしたいんだけど――対面は外せない」

「でも」

「モンパルナスを見つけ次第連絡する――んじゃ」

第二章　色とりどり

1

〈メフィスト病院〉を出て、〈歌舞伎町〉の方へ一〇メートルばかり歩いて、せつらはふり向いた。

芽以戸がついて来る。

「何か？」

「いや、方向が同じなんで」

また歩き出して、「パリジェンヌ」の交差点を渡らず左へ折れた。

またふり向いた。またついて来る。

黙っていると、

「あの――これからお昼？」

「…………」

「あの……金欠病で」

せつらを知っている人間ならば、次の台詞《せりふ》と光景は容易に想像がつくはずだ。

「さよなら」

そして、さっさと背を向ける。

向けなかった。

「中華でいい？」

と訊《き》いた。

「何でも」

「オッケ」

せつらは一メートルと離れていない路地へ入った。

狭苦しい通りの左右に点《とも》っていない赤提灯《あかちょうちん》や電《でん》飾《しょく》看板が押し合いへし合いしている。

演歌やエスニックの曲が二人を取り囲んだ。

「ああいうのはどう？」

「いいですよ。どんな曲でもそうです。僕の胸を打ちます」

「どんな曲でも？」

「はい」

と芽以戸は返して、

「曲に悪いものなんかありません。どんなに悪評芬《ふん》芬《ぶん》の曲だって、悪口を叩《たた》く者たちの胸に何かを残したから罵《ののし》られるんです。世に出たってことすら、誰にも知られていない曲？　そんなものはありゃしません。作詞と作曲が手を組んだ以上、彼らのどちらかが聴いている。それに歌い手が加わりゃ最高じゃありませんか。少なくても二人――多けりゃ三人の聴衆がいるんですよ」

「無視されたら？」

「無視なんてあり得ません。あなた頭悪いですね。作詞家が歌詞をひねり出し、作曲家が曲を口ずさんだら、たとえ歌の形を取らなくたって、それは祝福された歌なんです。いい曲というのは、そういう意味ですよ」

珍妙な生物でも見ているような眼つきのまま、せつらは、

「そうなのか」

と言った。

「どんな曲でもいい曲か。人間はどう？」


芽以戸には、待ってましたの問いだったのかもしれない。

「それは――」

と言ったとき、

「あら、秋さん」

うっとりとした声が前方からかかった。

板張りの――〈魔震《デビル・クエイク》〉以後すぐ建てられたような――或《あ》いは耐え抜いたかのような二階建ての非常階段の途中に、サマー・セーター姿の娘が立って、手をふっている。

決して肉感的とはいえないが、あどけない整った顔立ちが救っている。アクセントからして、中《ちゅう》、韓《かん》、台湾《たいわん》のどれかだろう。

「嬉《うれ》しい、来てくれたのね」

「はーい」

とせつらも片手を上げて、

「空《す》いてる？」

「ガラガラよ。満員でも何とかします」

「どーも」

「ウーロン茶買って来ます」

と階段を下りた娘に会釈《えしゃく》して、せつらは階段を上った。

昔ふうというのがぴったりの小さな店であった。天井も壁も油煙《ゆえん》で黄色い。テーブルにはビニールがかけられ、椅子なんか骨董品《こっとうひん》で通りそうだ。

四人の先客が二つのテーブルを埋めていた。片方はリーマン、もうひとつは学生らしいカップルだ。

全員がちらとせつらの方を見て、象牙《ぞうげ》の箸《はし》を麺《めん》ごと取り落とし、レンゲから流し込んだばかりのスープを口の端から戻してしまう。女学生の箸は酢豚《すぶた》の皿から持ち上げたばかりの揚《あ》げた肉を停止させ、リーマンのひとりはビールのグラスを口元に傾けたまままだ。彼はビールが流れ出ないというバランスの神技《かみわざ》を見せていた。

いちばん奥のテーブルにつくと、せつらはこれもビニールでカバーしたメニューを芽以戸に示した。

「あの――何でもいいですか?」

と眼をかがやかせたところを見ると、本当に何日かI'M HUNGRYの身の上だったらしい。

「はいよ」

白い前かけをつけた店員が水を運んで来た。

「じゃあ、いちばん辛《から》い麻婆豆腐《マーボーどうふ》と大餃子《ぎょーざ》と大盛りライスとチャーシューメン」

歓喜に満ちた若々しい顔へ、

「人間、小さくないか?」

とせつらは言った。

「僕なんか、こんなもんですよ。あ、老酒《ラオチュー》もいいですか?」

「幾らでも」

「そちらは?」

と店員が訊いた。そっぽを向いている。前にせつらを目撃したことがあるのだ。

「海老《えび》チリと五目《ごもく》チャーハンとザーサイ」

店員が去ると、芽以戸が、

「あなたも大物とはいえませんね」

「当たり」

せつらの返事に、芽以戸はのけぞって笑った。それが終わると、涙を拭き拭き、

「あなたが好きになりそうです」

「それはそれは。しかし、人好きならあなたが上だ。メフィストまでがお世辞《せじ》を言ってる」

「失礼な。あれは本心ですよ。本気で僕のギターを聴きたがってるんです」

「なのに、なぜ腹ぺこ?」

「わかりません。人には好かれるんですが、お金には縁がありません」

「コンサートは?」

「気に入った人だけ幾《いく》らでもいいからお支払いください」

「道楽だ」

「ま。そうですね」

「しかし、あなたが歌うなら幾らでもチップをはずむ客がいると思うけど」

「それが、なかなか。持ち歌も少ないし」

「ふーん」

食べるものも食べないでいるのは本当らしく、運ばれて来た料理を、芽以戸はあっという間に平らげてしまった。

「ご馳走《ちそう》さまでした」

頭を下げる躾《しつ》けもきちんと受けているらしい。

「あの人も大変でしたね」

老酒の盃《さかずき》を傾けながら、遠い眼をした。〈救命車〉へ運び込まれるモンパルナスの死骸《むくろ》を見たのだ。

「でも生き返ったんだからいいか。それより、あなたは何で僕が彼の捜してる相手だと思い込んだんです?」

「アルハンブラの想い出」

ごにょごにょとつぶやいたものだから、

「はあ?」

「――勘《かん》だね」

「勘？　探偵って鋭いもんなのですか？」

「人捜《さが》し屋」

「どう違うんです？」

「何となく」

「へえ。向こうが捜してたのは女性ですよねえ。僕を見た途端に違うとわかったでしょうが」

「いいや」

「え？」

「確信は今もないけど、的外《まとはず》れだとも思ってない」

「どうしてです？」

「彼はここがいい街だと言った。あなたもだ」

「そりゃ――確かに。でも、それだけで……」

「勘」

「あーあ」

「この街では何でも起きる。さっきのドクターは、名前があ《い》あでなくても、悪魔だと言われただろう。本物だったとしてもおかしくはないのさ」

芽以戸は沈黙し、

「それじゃあ、僕が違うと言っても無駄じゃないですか？」

「そうなる」

「もう訳がわからない。じゃあ、僕はいったい誰なんだと、首を吊《つ》る奴《やつ》が出てきますよ」

「毎年山ほど」

溜息《ためいき》をつく芽以戸へ、

「嫌いになった？」

意外にも頭は横にふられた。

「いえ、まず気に入りました。素晴らしい」

「ほお」

「でも、あの巨人とは、もう会いたくないのです。勘弁《かんべん》してください」

「一度だけ」

「――でも」

「コンサート」

「そうか」

落胆するかと思ったが、芽以戸は喜色満面《きしょくまんめん》で、

「なら、いいです。あの人を見つけたら、声をかけてください」

と言った。

「ひとつ」

「はい」

「何故《なぜ》、〈新宿〉へ来た？」

「内緒です」

せつらはそれ以上追いかけなかった。彼が芽以戸でも同じ答えをしただろう。

〈新宿〉——またの名を〈魔界都市〉。観光客以外、好んで訪れる者はない。薄明《はくめい》と霧の中を、ひっそりと〈門《ゲート》〉を渡るのは、〈区外〉という世界を追われた者たちだけなのだった。

その理由《わけ》を訊いてはならない。

これこそ〈新宿区民〉最大の不文律《ふぶんりつ》であった。

二人の頭上で、金鈴《きんれい》のような声が弾んだ。

「失《な》くしたものを取り戻しに来る、というのは駄目？」

階段の途中にいた娘は、静かに芽以戸を見つめていた。

「君——そうなの？」

芽以戸も娘を見つめた。

「本当は失くしたものは二度と見つからない。戻って来ない。でも、この街ならって気がしたんです。それで——来ました」

大陸か半島で何を失い、何を求めて〈新宿〉へ辿《たど》り着いたのか。決して戻らないと知りつつ、ここへ来た。

見つかるような気がした、と。

二人の視線を浴びていることに、急に気づいたらしく、ごめんなさいと短く言ってから、手にした老酒の瓶《びん》を、芽以戸の手元に置いて、

「あまり残ってないけど、サービスです」

「お店の？」

「いえ——私からの」

奥へ戻る女の頰は紅《あか》く染まっていた。せつらの魔法によるものではないのが、奇蹟《きせき》的だった。

二人は無言で顔を見合わせ、

「食べてけないって、嘘《うそ》だろう」

とせつらが言った。

「本当ですよ」

「その瓶」

「それは……」

「人たらしって知ってる?」

「何ですか、それ?」

せつらは肩をすくめ、

「モンパルナス氏と連絡が取れたら、知らせる」

と立ち上がった。

店を出るとき、娘が駆けつけて、芽以戸のシャツの後ろ襟《えり》を直した。

陽《ひ》が落ちる前に、せつらは〈高田馬場《たかだのばば》〉にいた。

坂を昇っていくと、中世ヨーロッパの長屋状の建物が左右に流れはじめた。

木製のドアには名前もなく、赤煉瓦《あかれんが》の煙突からは、色とりどりの煙が立ち上っていく。七色の火花をとび散らせるものもあった。今もその棟《むね》の内部《なか》では、フード付きの長衣《ちょうい》をまとった男女が水銀や麝《じゃ》香《こう》、硫黄《いおう》、エーテル、炭酸ソーダや賢者の石を煮詰め、燃焼させ、嵐や稲妻を造り出した上で、黄金の蒸留《じょうりゅう》に勤《いそ》しんでいるのだった。

世に云《い》う〈高田馬場〝魔法街〟〉である。

右側の長屋の端《はし》に、緑の芝生《しばふ》が広がっていた。とんがり屋根に古風な破風《はふ》を備《そな》えた家は蔦《つた》の絡《から》まる煉瓦造りであった。

玄関にかかった錫《すず》のベルを鳴らすと、少し間を置いて、

「あなたの右手と左手——お裁縫《さいほう》はどちらが得意?」

「どちらでも」

「お待ちください」

重い鍵を外す音がして、開きはじめたドアは、夢見るような金髪《ブロンド》と濃紺のベルベットのドレスに守られた白い貌《かお》を描き出していった。

「いらっしゃいませ」

淡々と頭を下げた顔は、すぐに上がって、蒼《あお》いガラスの瞳に天上の美を映した。

これが人形だと誰が見抜けよう。天才の筆が描いたふうに流れる柳眉《りゅうび》、濃艶《のうえん》な果実を思わせる紅い唇、そして、せつらに向けた無垢《むく》な笑顔——人間そのものだ。

「急に失礼」

せつらは茫洋《ぼうよう》と言った。

「訊きたいことがあってね」

「せつらさんなら、いつでも歓迎ですわ。トンプ様もそう申しております」

トンプ・ヌーレンブルク——チェコ第一の、すなわち世界一の魔道士と言われたガレーン・ヌーレンブルクの妹である。目下《もっか》、世界一の名声に揺らぎはないが、姉に比《くら》べて性格に難があるとの評判も高い。

「いる？」

「はい——ご在宅ですわ」

人形娘は横に引いてせつらを通した。

千年も経《た》つような煤《すす》けた石の暖炉の前のソファにかけて、二分もせずに主人が現われた。

黄金《きん》だの銀だの青だの緑だのの布を巻きつけた巨体は、その上に乗ったいかにも強欲《ごうよく》そうな五重顎《あご》ともども、何度会っても退《ひ》きたくなる妖気を漂《ただよ》わせていた。

それが、せつらを見た途端、にこりと笑って、

「訊きたいことって何かしら？」

もう知っていたらしい。

「少し厄介《やっかい》な相手なんだ」

「あんたの用で、厄介でなかったものがあったかい？」

「そらそーだ」

せつらも納得して、

「〈たそがれ医院〉が、次は何処《どこ》に現われるか」

空気がぎん、と凝結《ぎようけつ》した。

家の半分を占《し》めるようなトンブの向こうに、かろうじて、銀のトレイを掲《かか》げた人形娘が見えた。こちらも固まっている。

ぼぉんと肘《ひじ》かけ椅子《いす》が鳴った。トンブが腰を下ろしたのである。

「〈たそがれ医院〉」

先につぶやいたのは、人形娘であった。間を置かずに、トンブが、

「ドクター・ランケン——奴は何処にいるの？」

「それを占って欲《ほ》しい」

せつらは、二人の反応など見ていないというふうに言った。

トンブは左右を見廻《まわ》し、のっそりと身を乗り出した。

「あのさ、生命《いのち》懸《が》けになるのだわさ」

「すまない」

「ちっともそう思ってないわね」

「…………」

「たまに来るといつもロクでもない用事と一緒だわさ」

せつらは眼だけを宙に泳がせ、

「で？」

と訊いた。

「うーむ」

トンブは両手で髪の毛を掻《か》き毟《むし》った。せつらも初めて見る苦悩の表現であった。

2

「で？」

さり気なくせつらが追い詰めていく。

「何とかやってみるわさ」

押しつぶされたような声であった。

「助かる」

せつらの前に人形娘が、ソーダ水のグラスを置いた。

いつもなら、「いい男がよくそんなもの飲めるね」とトンブの嫌みが入るのだが、今回は上《うわ》の空《そら》だ。どーもと言って、せつらはストローを咥《くわ》えた。どう見ても現状を理解していない。

「それで」

と切り出し、

「ドクター・ランケンと会えないかな」

「このヤロー」

トンブが立ち上がって首を絞めに来るのを躱《かわ》して、

「急ぎ急ぎ」

とせかす。こっちも生命懸けだ。

「トンブ様」

人形娘のとりなしもあって、魔道士はソファに戻った。

それでも、うーんうーんと天井を見上げるばかりで、動こうとしない。

「倍出すけど」

せつらが折れた。

「お金じゃないんです」

人形娘が耳打ちした。

「何かの病気？」

「せつらさんの要求は、途方もないものなんです。今回だけは、あの方の気持ちが痛いほどわかりますわ。せつらさんだってそうでしょう」

「はは」

「今回はあの方に同情いたします。これ以上、無理はおっしゃらないで」

不意にトンブが風を巻いて立ち上がった。

「やったるで」

せつらも人形娘も無視して、のっしのっしと奥のドアへ向かう。

「凄《すご》いわ、やる気です」

「ほう」

人形娘は素早く走って、カーテンを下ろした。

「天窓も閉めて」

と声をかけると、

「ヨッシャ」

天井で逆さ吊りになっていた大鴉《おおがらす》が答えた。

まだ夕暮れにも遠い室内を暗黒が占めた。時が過ぎていく。奥のドアは無音だ。

「これは⁉」

天井で大鴉が羽搏《はばた》いた。

奥のドアが開いた。

圧倒的な質量がはみ出て来た。

しっかりした足取りでそれ《いい》は前進し、暖炉の前に立った。

「トンブ?」

せつらの問いに返事はない。

その顔のあたりから、青白い光が吐き出された。

床に落ちたそれは、みるみる変形し、人の形を取った。

「霊的物質《エクトプラズム》です」

と人形娘がささやいた。

霊がこの世に現われて話す際に放出する物質である。これで霊体の声帯をこしらえ、或いは文字を作って現世の者たちと会話し合うのである。

いまや、せつらと人形娘の眼前に立つ人型は、身長二メートル近い大男であった。

眼も鼻も口も揃《そろ》っている、青白い顔は、はっきりと細かい人相を刻んでいた。

「ドクター・ランケン?」

とせつらが訊いた。やはり、のんびりとした声であった。


芽以戸は、〈神楽坂《かぐらざか》〉にあるアパートへ戻った。

一カ月後に取り壊しが決まっている二階建てのアパートは2DKで一万と、築四〇年にしても恐るべき安値であった。

これなら他にも借り手が付きそうだが、そうならない理由は――

きしむ木の階段を昇って、真正面のドアに、

「ただいま、僕だよ」

と声をかけてから、古い鍵を取り出して、ドアを開けた。

ひっと小さな声と身体が、雨戸を下ろした窓の方へ退いた。そこまで電灯の光は届かない。

「僕だよ、大丈夫」

優しく声をかけてから、芽以戸はドアを閉めて、小さな三和土《たたき》に面した畳に腰を下ろした。

「お土産《みやげ》だ」

手にした包みを窓辺へ滑《すべ》らせた。

気配がとびかかった。

包装紙とパッケージを破ると、臭いが鋭く室内に満ちた。

咀嚼《そしやく》音が続いた。

それが途絶えると、芽以戸は闇の奥のものへ、

「放っておいてごめんよ。今、一曲弾いてあげるから」

と声をかけた。

今度は聴けるといいね
僕の歌うひねくれた歌が
何処かにいるはずの恋人たち
名前も顔も知らないくせに
僕の歌だけは聴いてくれ
最後の音を弾き出して、芽以戸は奥の闇を見つめた。

眠っている。吐息でわかった。それから――

泣いている。すすり泣きだった。

かん高い悲鳴が上がったのは、〈歌舞伎町〉にある深夜の〝ランバー〟――〝ランジェリー・バー〟の控え室であった。

金属製のロッカーが並ぶ狭苦しい空間の、あちこちから同じ叫びが上がり、黒服の支配人が、

「何事だ⁉」

と駆け込んで来た足下を、灰色の影が大きなゴキブリみたいに走り抜け、廊下を突っ走って裏口のドアを抜けたところで、ボーイの麻痺銃《パラライザー》の一撃を片足に受けてつんのめった。

「な、何をする⁉」

と叫んだのは、ひどく小柄な老人であった。上衣《うわぎ》もズボンもよれよれだ。悪臭がつきまとっていれば、ホームレスと見なされたに違いない。

「ありゃ、またてめえか⁉」

支配人が駆け寄って、胸ぐらを摑《つか》むや、引き起こした。

「今度という今度は容赦《ようしゃ》しねえぞ」

「けけ警察へ突き出すのか？」

そんなにない白髪を震わせる老人は半分泣き声だ。

「いいや、もう五回も突き出した。仏の顔は今度で、本来の倍になる。おめえみてえな変態爺《へんたいじじ》いは、おれの知り合いの組に頼んでヤキを入れるのが一番だ。二度と盗みができねえように、右手の指を切り離してくれる」

「へ、変態とは何だ、変態とは？」

「その手の物は何だ？」

「え？　あ。何じゃ、ただのブラジャーとパンティではないか」

「それを持ち主じゃねえてめえが持ってるのが問題なんだよ。おい、中川《なかがわ》組を呼べ」

はい、とうなずいて携帯を取り出すボーイへ、

「ま、待ってくれ。それは返す。何なら、うちにある分もやろう」

「他でもやってたのか⁉」

支配人は逆上した。

「この野郎」

と拳《こぶし》をふり上げた瞬間、

「およしなさい」

若々しい女の声が闇を払いのけた。

ちょうど、裏口から通りに出る路地の出口に、花柄のワンピース姿が立っていた。

「何をしたか知らないけど、年寄りじゃないの。勘弁してあげて」

口ばかりではなく、女は早足で三人の前まで来た。

「悪いが姐《ねえ》さん、この爺いは年寄りでくれる玉じゃねえんだ。うちで七回、近所の店でも二〇件以上の下着泥棒を働いている。そのたびに交番へ突き出していたが、もう我慢ならねえ」

「だからって、指を落としたりするのは、よくないわ。ねえ、その下着を売ったりしてるの？」

「ううん」

グスグスと鼻水をすすりながら、老人は首を横にふった。

「みんなちゃんと溜《た》めてある」

「この変態野郎」

またも拳をふり上げた支配人の前に、女は敢然《かんぜん》と立ちふさがった。

「今回だけ勘弁してあげて」

「いいや、ならねえ」

いきり立つ支配人の顔を、女はじっと見つめていたが、老人の手にした品に視線を移して、

「それを盗んだのが問題なのね？」

「そうだ」

「盗んだなんて、とんでもない。わしは泥棒じゃないぞ」

「じゃあ何よ？」

「ちょっと失敬しただけじゃ。いずれは返すつもりじゃ」

「いつ？」

「これを身につけて、充分満足したらじゃのお」

うっとりと言った。ブラとパンティを身につけた自分の姿にひたりきっているのだ。

「もう！」

嘆息《たんそく》するや、女はそれをひったくって、支配人に差し出した。

「な、なにをする⁉」

と老人がとびかかるのを、襟首をつかまえて、

「それで勘弁してくれませんか？」

「ならねえ」

支配人は摑みかかろうとバタつく老人を睨《にら》みつけた。

「わかりました。じゃあ、これもつけるわ」

娘は老人を離し、ワンピースの背中に手を廻し、一気に腰まで下ろした。

「？」

全員、ぎょっとして見つめる中、恥ずかしがるふうもなく白いブラを外した。外見よりはずっと豊かな乳房が、男たちの眼を引きつけた。さすがに片手で隠して、

「ほら」

と支配人に突きつけた。スカートの下から手を入れ、器用にこれも白いパンティを脱ぐや、

「これで勘弁してあげて」

と言った。

支配人は二枚の下着を見つめ、老人を睨んだが、ひどく穏《おだ》やかな眼差《まなざ》しに変わっていた。

「いいだろう——気はこころだ。あんたの度胸に免じて今回は見逃すよ。こら、今度やったら——」

「わかったわい」

とそっぽを向いた具合を見ると、老人がわかってないのは一目瞭然であった。

「じゃあ、私はこれで」

とワンピースを直した娘へ、支配人が下着を差し出した。

「持ってってくれ。こんな爺いみてえな変態は、いくらでもいる街だ」

女は首をふった。

「あなたは一度出したものを受け取る人？」

ボーイが、へえ、と唸《うな》った。

「けどよ」

「それで帳消し。安物だけど新品よ。盗《と》られた女《ひと》に渡して」

「よっしゃ」

支配人は小気味よくうなずいた。

「久しぶりにいい女に会ったぜ。なあ、うちで働かねえか？」

「いいえ。仕事はあるのよ」

「そうか。気が向いたらいつでもいい——顔を出してくれ。おれは大塚《おおつか》ってもんだ」

上衣の胸ポケットから出した名刺を、女は受け取って、ハンドバッグに入れた。

「私は春麗夜《しゅんれいや》。近くの中華料理店で働いてます。それじゃあ」

一礼して、路地を抜けた。

通りへ出て〈旧噴水広場〉の方へ歩き出すと、

「待ってくれ」

3

ふり向くと老人が追って来る。麗夜は苦笑した。

「これ以上、関わり合いはごめんよ」

「そう言うな、わしは腹が減っておるのじゃ」

「そういうタイプ？　交番へ連れてくわよ」

「そう言うなて。ほら、グウグウ言うとる」

と突き出した腹は、確かにそんな音をたてている。

「それなら、下着じゃなくて、お金でも盗んだら？」

「莫迦者《ばかもの》め」

下着泥棒は、妙に威厳《いげん》のある声で言った。

「さっきも言うたが、わしは泥棒ではない。泥棒というのは、盗品を売りとばして金に替える——つまり営利事業なのだ。わしは毎日、新しいブラとパンティをつけて、鏡の前で恍惚《こうこつ》としておるだけじゃ」

「なら、そうして一生を終わりなさい。失礼します」

「待て待てまーて」

老人は地を蹴《け》って易々《やすやす》と麗夜の背にへばりついた。意外な身軽さであった。

「何するの?」

「決まっとる。腹ペコの老人を見捨てる気ではあるまいな。おまえの勤めているとかいう中華料理屋へ行こう。奢《おご》れ」

「いい加減にしない。このまま交番へ連れて行ってあげる」

老人はいきなり声を張り上げた。

「ほう、腹を空かせた憐《あわ》れな年寄りを権力の狗《いぬ》どもに預けて、自分はストリップ劇場へ出演しに行くつもりか、あン?」

周囲と通りの向こうから、訝《いぶか》しげな視線を浴びて、麗夜は真っ赤になった。

「ちょっと。――さっきの支配人のところへ送り返すわよ!」

「ふっふっふ」

麗夜の背中で、老人は意味ありげな含み笑いを洩《も》らした。

「ああ見えて、あいつとも長いつき合いじゃ。物のトラブルはあっても、わしを見捨てるような真似《まね》はせん」

「あ、そう、なら」

と向きを変えた途端、老人はあわてだした。

「やめんか、莫迦者。指を落とされてしまうぞ」

「私の指じゃないわ」

老人は沈黙した。少しして、

「なら、こうしよう。おまえはこれからずうっとわしにたかられるのではないかと怯《おび》えているのだな?」

「はい、そうよ」

「なら、わしも考えよう。おまえにも飯代《めしだい》くらいの余禄《よろく》は与えてやる」

「何かエラそうね」

「つべこべ言うな。わしの病院へ来い」

麗夜の表情が一瞬、木《こ》っ端微塵《ぱみじん》に吹っとび、すぐに再生した。呆然《ぼうぜん》——であった。

「あなた、お医者さま？」

「左様《さよう》。ただ、そのへんの町医者とは格が違うので、あまり知られてはおらんがな」

「なんだ。藪《やぶ》？」

「ふざけるな、この罰当《ばちあ》たりが！」

いきなり、頭をごつんとやられ、麗夜は逆上した。危ないところを、買ったばかりの下着二枚も犠牲にして助けてやったのに、何という言い草だろう。

「ドクター・カリガリ、ドクトル・マブゼ、同じくドクトル・ファウスト、さらにドクター・ヴァン・ヘルシング——どいつもこいつもわしに会えばその場でひれ伏す——と言っても信じまいな？」

「はい、そうよ」

「しかし、実はそうなのだ。わしの病院はたまにしかこの世界に現われん。だから、知名度は他の藪どもに比して、異常に低いのだ。あいつらは小説家や劇作家、映画監督などの力で名を上げ、実力以上の名声を得ておる。だが、奴らが生まれる前に、わしは石の刃物で患者の治療をしておった。ドクター・メフィスト？〈魔界医師〉？——ふん、マスコミに乗りおって、医者の抜《ぬ》け殻《がら》めが」

「いい加減にしないと、本当に——」

麗夜は向きを変えた。

「わあ、助けてくれえ」

信じられない金切り声が虚空《こくう》へ噴《ふ》き上がった。

さっきからこの二人に注目していた人々の中から、数人が走り出し、奇妙なカップルを取り囲んだ。

派手なポロシャツを着たごつい男たちである。

「なんでえ、爺《じい》さん。この姐ちゃんが何かしたのか？」

「この辺《あた》りはおれたちが仕切ってるんだ。誰にもおかしな真似はさせねえぞ、安心しな」

「うるさいわ、このどヤクザども」

助けに来た相手の真っ向からの悪罵《あくば》に、男たちは眼を丸くし、それから歯を剝《む》いた。

「ふざけやがって。てめえら二人して、安西《あんざい》組をおちょくりやがったのか？」

「やかましい。人の血とカスリを吸って生きる人間の屑《くず》どもめ、いま天誅《てんちゅう》を与えてくれる。このドクター・ランケンがな」

男たちは五人いた。うちひとりが、はっ、と老人を見つめた。

「この糞爺《くそ》い――この街でドクターを名乗っていいのは、メフィスト医師《せんせい》だけだ。てめえの名前なんか――」

「やかましい。とっとと失《う》せい！」

老人は右手をふった。いったいそんなもの何処から――は何となくわかるが、これまで彼が持っていたことに誰も気がつかなかったのは、不可思議というしかない。

真っ赤なハイヒールはものの見事にひとりの顔面に命中し、そいつをのけぞらせた。

「やめて！」

麗夜は背中の魔物をふり離そうとしたが、びくともしなかった。

「この爺い」

男たちがとびかかって来たのは当然だ。

正面の男の顔面に銀色のハンドバッグが激突し、右側の男の首に、幅広のアクセサリーベルトが勢いよく巻きついて、窒息させた。どれも女ものである。

さすが立ちすくんだ四人目も、

「よせ！」

もうひとり――最初から手を出さずにいた男が制止した。

それでも、何故だという疑問符を顔の真ん中に描

いてふり向いた男へ、

「訊いたことがある。ドクター・ランケン――〈たそがれ医院〉の院長か？」

「ほう、知っておるのか。人間の屑どもにもそれなりの教養はあると見える。そのランケンさまよ」

　男は後じさった。仲間を誘うのも忘れ果てていた。

　七歩ほど後じさってから、ふり返り、信じられない速度で走り去った。

　もうひとりが追いかけるのを確かめてから、

「へえ、意外と有名人なのね」

　麗夜は、少し感心したように言った。

「わかったか、愚かな女め」

「今度そんなこと言ったら、支配人のところよ」

「わかったわかった。奢れ」

「いいわ。ただし中華は飽《あ》き飽《あ》きしてるの。牛丼でいいわね？」

「えー」

「いいわね？」

「ふん。借りとは思わんぞ」

「あんたみたいなタイプに何も期待してません」

「よかろう。その気っぷのよさに免じて、一度だけ死から甦《よみがえ》らせてつかわす」

　麗夜は小さく、阿呆《あほ》とつぶやいた。

　新しく出来た「吉野家《よしのや》」で、老人は牛丼の大盛を五杯も平らげた。腹ペコは確かであった。爪楊枝《つまようじ》を咥えたまま、

「はあ、食った食った。さて、後は幸せな眠りじゃな」

「〈たそがれ医院〉へどうぞ」

「何じゃ、そのどうぞというのは？　ここでわしを捨てる気か？」

「院長が病院へ戻るのは当たり前でしょう？」

「それが、病院がどこにあるのかわからんのだ」

「自分の病院じゃないの？」

「実は戻るタイミングを間違えてな。もう一年半も帰っておらんのだ」

「一年半も、女の子の下着を盗みまくっていたの？」

この爺さんならありそうだと、麗夜は少し本気で訊いた。

「ま、そうじゃな」

「反省の色が全くないわね」

「わしは自分の行動に誇りと決意を抱《いだ》いて挑んでおる」

「はいはい。じゃあ、カプセル・ホテルへでも行きなさい。お金はあるんでしょうね？」

「ない」

「どうやって一年半も凌《しの》いできたのよ？」

「ま、拾い食いじゃな」

「他の病院へ勤めたらいいじゃないの？」

「天才が俗物どもと同じ職場へか？　笑わせるな」

「パンティ泥棒よりマシでしょ」

「とにかく病院へは帰れん。かといって、カプセル・ホテルもごめんじゃ」

麗夜は、背中へ首を捻《ね》じ曲げて、じっと見つめて、

「まさか」

と言った。老人はうなずいた。

「おまえの家へ行くぞ」

「まーっぴらよ」

「家もなく腹も空かせた老人を、この寒夜に放り出すというのか？」

「今は七月よ、あなたも私も汗をかいてるわ。お腹《なか》がどうしたって？　大盛五杯ってどこの『吉野家』でも新記録だそうよ」

「うるさい、とにかく行くのだ。絶対にここから下りんぞ」

老人が、肩車の要領で牛すき丼を平らげ、お茶まで飲んだのを、麗夜は思い出した。

「この〈海じじい〉」

「何とでも言え。あの化物《ばけもの》はわしがモデルだと知っておるか？」

あり得る話だと思った。この街に、この爺さんだ。溜息をついて、

「わかりました。ただし、一泊だけよ」

「いいとも」

無邪気に手を叩いている。信用できるとは、とても思えなかった。

「それじゃあ、行くわよ。〈海じじい〉」


午前一〇時を少し廻ったところで、せつらは足を止めた。眼の前に「２０４」とプリントされたドアが立ちふさがっていた。ドアノブに、

「起こすな《ドント・ディスターブ》」

との札がかかっていた。〈歌舞伎町〉の小ホテルのひとつだ。

ドアの隙間《すきま》から忍ばせた妖糸《ようし》が、室内の状況を知らせて来た。

ダブルの部屋である。男がひとり、肘かけ椅子でモニターのニュースを眺《なが》めている。三〇半《なか》ば。すでにポロシャツとズボンを身につけ、靴まではいていた。忙しい身の上なのもあるが、用心深いのだ。シャツの右手首につけたミニ・ミサイル・ランチャーがその仕事を告げている。

左手首から肘まで覆《おお》うコンソールは、使用武器または兵器のコントロール・パネルに違いない。

別の妖糸はクローゼット内部に侵入していた。大型のバックパックがひとつ——服はかかっていない。

バックパックの内部を探ろうとした時、男が立ち上がって、こちらを向いた。

「おかしな真似をする——誰だ？」

右手をドアに向ける。

「えと——秋と申します。人を捜しています」

男はちら、と左手首に眼をやって、

「ひとりか。誰を捜している？」

「モンパルナスさんですね」

「武器は？」

「ありません」

　せつらはコートの前を開いてみせた。男はまた左手のパネルを見て、

「手を動かしたら殺す。入れ」

　と言った。パネルの操作は視線で行なうらしい。ドアが開いた。同じコンソールで操れるよう改造したものか。

「どーも」

　男はすでにとろけていた。ドアを隔《へだ》ててせつらの顔を見てしまったのだ。意外と簡単にせつらを通したのも、そのせいかもしれない。

　ソファを勧めて、

「おれのことを誰に聞いた？」

「モンパルナスさんを攻撃したドローンの製造ナンバーが、通りの防犯カメラに映ってました。後は、販売した人物から聞いた人相ですね」

「それで人を捜せるのか？」

「人相書きのプロに3Dで起こしてもらい、〈新宿〉中のホテルのフロントに送信したら、すぐでした」

「噂《うわさ》には聞いていたが、恐ろしい街だな」

「おたくの国でも、これくらいやるでしょ、ブラナガン特務」

「そこまで」

　男は驚愕《きょうがく》の表情を隠さずに呻《うめ》いた。

「スイス国防省がモンパルナスさんの生命を狙う理由は？　――と訊いても無駄でしょうし、正直、興味はありませんが、僕より早く見つけられてズドンでは困ります」

「こちらも邪魔はされたくない」

「当てはあります？」

「のんびりと、急所を突いて来るな。秋――秋せつら。〈新宿〉一の人捜し屋《マン・サーチャー》だそうだな」

「一応」

　せつらは片手を上げて微笑した。男――ブラナガ

ンは、はっと顔をそむけたが、遅かった。

「君も知っているだろうが、あいつは尋常《じんじょう》な人間ではない。超能力といえば通りはいいが、正確なところは化物だ」

「正解」

「あいつの正体は知っているか？」

「いえ」

「何故この街へ来たのかは？」

「彼の話だけだけど」

「協力する気はあるか？」

「いいけど」

「ここで眼を見るところだが、そうすると、おれの負けだ。その返事を信用するぞ」

「はいはい」

「その前に、おかしな糸を払ってもらおう」

「ご存じで？」

「本国で危険予知の拡大手術を受けている。勘を磨いたと思えばいい。糸とわかったのは、皮膚感覚も高まっているからだ」

「へえ」

「彼は今から約四〇〇年前、スイスに生まれた、いわばミュータントだ」

「へえ」

「彼の両親もわかっていない。ある冬の朝、忽然《こつぜん》とジェネバ郊外の村――キュラソーにやって来た」

そのとき、最初の発見者が村人だったら大騒ぎになったろう――否《いな》、後でそのとおりになるのだが、最初の発見者は、村の周辺を廻っていた馬車の警官であった。

身長二メートル八五、体重五〇〇キロの巨人だ。警官は恐怖のあまり失神しかけたが、義務感は強い男だったらしい。止まれと命じてから、何をしに来たと訊いた。素直に従ったという。悪意はない存在だと判断した警官は、村へ来た目的を続けて訊いた。

「答えは――デイジーを捜して」

とせつら。

「そのとおりだ。村にそんな名前の女はいなかったので、警官は帰るように言った。どうやら村から村へとしらみつぶしに捜し求めて来たらしい。容貌《ようぼう》も魁偉《かいい》としか言いようがなかったが、女がいないと言われて、彼はその場に坐《すわ》り込んでしまったという。なにやら途方もない悲しみに打ちひしがれているのは、よくわかった。憐れになった警官は、彼を警察署へ招いたが、巨人は黙って去った——巨人——モンパルナスのことが公式の記録に残るこれが第一号だ」

第三章　過去の足音

1

「モンパルナスが何処《どこ》で生まれ、何歳なのかもわかっていない」

と特務員は告げた。

「彼が探し求めているデイジーという女も、国籍年齢その他一切合財《いっさいがっさい》が謎だ。ただ、それ以後の話から察せられるのは、狂気といってもいい一途《いちず》さだ」

「それは」

せつらもうなずかざるを得なかった。

「で、スイス国防省はなぜ？」

せつらの問いに、ブラナガンは苦笑せざるを得なかった。

誰が考えてもせつらの質問は国家機密に当たる。個人の秘密云々《うんぬん》のレベルではないのだ。それを、この世にも美しい若者は、平然と問い質《ただ》してくる。それも緊張や決意のかけらもない茫洋《ぼうよう》たる雰囲気で。

「スイスという国が、永世中立の他に、国民皆兵《かいへい》制を敷く軍事国家だというのは、知っているな？」

「一応」

アルプスやハイジで名高い平和なる観光国スイスは、かつてザクセン（ドイツ）と並んで、世界最強といわれた傭兵《ようへい》の生産国であった。

永世中立といっても、ただ宣言しただけでは、周辺の強国に侵略されるだけである。平和の維持に軍事力は欠かせない。地続きの戦いの歴史を嚙《か》みしめてきたヨーロッパはそれを熟知していた。スイスは風光明媚《ふうこうめいび》を謳《うた》いながら、常に世界をリードする武器生産国たることで、他国にその威《い》を静かに知らしめているのであった。世界最高の銃器といわれるSIG《シグ》は、この国の製品だ。

永世中立国となったのも、傭兵国家としての凄絶《せいぜつ》な歴史によるところだ。

その強さによって、世界に覇《は》を唱《とな》えたスイス傭兵は、当然、世界の動乱国へ派遣される。その結果、親族、友人同士が戦うという事態が生じ、内乱まで危惧《きぐ》されるに到《いた》ったのである。

「一八〇〇年代初頭、ジェネバの旧家＝ジョーセンス家に、何処かの国からある文書がもたらされた。持って来たのは、一〇年も傭兵としてヨーロッパ各地を転戦していたジョーセンス家の次男・ゼラノだった。別人のように痩《や》せこけ、家族すら身を避けるような狂気を宿した彼は、その文書をジェノバ大学のエイケン教授に届けろと家人に命じ、自身は帰宅後すぐ失踪してしまった。彼の指示を家族は守らなかった。気味が悪かったのだろう。三〇年たった冬の晩、ある旅の美女が、ジョーセンス家に一夜の宿を乞《こ》うた。各地を旅している芸人だという美女は、数々の奇妙で神秘的な話を聞かせたという。これに八〇を過ぎた主人のカイザーが反応した。エリザベスの話に含まれた何かが、古い記憶を励起《れいき》したのだろう。彼は旅の美女に例の文書を読ませたのだ。その深夜、何かが屋敷に侵入し、一家を惨殺した。軍の調べでは、途方もない力を持った者の単独犯行だとのことだった」

「途方もない力」

とせつらはつぶやいた。

「その文書の中身は？」

と訊《き》いた。さすがに気になったとみえる。

「今も謎だ」

「ほう」

「ただし、一家惨殺の犯人はわかった。モンパルナスだ」

想像どおりだと、せつらは納得した。

少なくともその時期、二人は共に旅をしていたのだ。

「その美女の名は、デイジー？」

「そうだ。すべては二〇〇年前の話——となると、察しはつくだろう。彼らは二人とも不老不死だったのだ」

こういったブラナガンがとまどいの表情を見せた

のは、せつらが少しも驚いたふうを見せなかったためである。この美しい若者は、自分の美に呆《ほう》けて、こんな途方もない話も上の空なのかと、彼は怒りさえ感じた。

「これは想像だが、次男のゼラノが何処かから持ち帰った怪文書というのは、不老不死の秘密に関する品だったのだ。美女と殺人者は自分たちの存在の根幹に関わるその秘密が人目につかぬよう奪還しに来たに違いない」

「けど、そんなとんでもない文書を、ゼラノはなぜ、自分で教授に届けずいなくなったのか」

「その辺も全くわからん」

ブラナガンは頭をふった。

「——やがて、二人は別れた。事情は君も知っているな?」

「一〇人殴って刑務所へ?」

「いいや、三〇人バラバラにして、スイス軍の生体研究センターへ送られた。三〇年、彼は実験対象とされた。今から五〇年前の話だ」

「三〇年経《た》てば、袖《そで》にもされるか」

「そういうことだ。拘留《こうりゅう》の契機となったバラバラ殺人は、数百年に亘《わた》る怪異な出来事に、現代的な解決をもたらした。逮捕されたとき、モンパルナスは銃弾を三〇発も食らいながらビクともせず、近くにあった泥沼に落ちて動きが取れなくなったところを、動物園から借り出した象《エレファント》用の麻酔弾を射《う》ち込まれて大人しくなった。こちらもいっぺんに三〇頭分な」

「麻酔は効くんだ」

「一応、循環機能は持っているらしいな。だが、軍の拘置所へ無理矢理押し込むまでの一時間足らずの間にまた眼を醒《さ》まし、鉄格子をひん曲げてとび出した。それでまた三〇頭分。大人しくなったのは、ある少尉が、おまえの恋人を銃殺するぞと脅《おど》した瞬間だ。モンパルナスは大人しく拘置所から軍の防空壕《ぼうくうごう》へ移され、鎖につながれた」

「よく彼女を出せと言わなかったね」

「おれは愛だの恋だのは信じないが、この件に関しては節《せつ》を曲げることにする。それから三〇年――デイジーに会わせてやるというでまかせだけで、彼は従順な犬のように過ごしたんだ」

「その間に人体改造でも？」

「検査は徹底的に行なわれた。三〇年あれば、医療機器も飛躍的に進歩する。しかし、モンパルナスの持つ不老不死の謎はついに解けなかった。やがて彼は脱出した。愚かな看視役が、デイジーは最初から行方不明だとしゃべってしまったのだ」

「デイジーは？」

「モンパルナスが捕らえられた日から、行方は杳《よう》として知れん」

「モンパルナスは〈新宿〉へ逃げたと言ってた」

「そうかもしれんな」

「で、二人とも捕まえる気はないわけ？」

「不老不死の謎は解明不能と出た。しかし、奴《やつ》は収監中に国防省の秘密を色々と知ってしまったのだ」

「しゃべらないと思うな」

「必要なのは確証だ」

「気の毒に」

「協力してくれるな」

「約束だから」

とせつらは応じ、

「けど、僕の仕事が済むまでは待ってもらう」

「よかろう」

「では、また」

せつらが、ドアのところまで行くと、ブラナガンは、

「他に言うことはないのか？」

と訊いた。

「あなたのことを人殺し、平和の国の殺人鬼め、とか？」

「そうだ」

「いちいち訊くこともないだろ――マゾ」

ホテルを出ると、せつらは二階を見上げた。

今出たばかりの部屋の窓の前に、円盤状のドローンが停止していた。ミサイルらしき形が、底部から出たマジックハンドの先にぶら下がっていた。

それが後端から火を噴《ふ》いて窓に突っ込んだとき、せつらの妖糸《ようし》が走った。もう一発のミサイルが、せつらめがけて飛来したのである。

胴体と頭部を切り離された武器は、空《むな》しく地面に落ちた。頭部信管が起動しない限り、爆発は起こらない。

「ドローン対ドローン」

せつらが足早に坂道を下りて行った。

その頃、三〇〇メートルと離れていないホテル街で、銃声が轟《とどろ》いた。

そろそろ我慢の限界が来ないかしらと、麗夜はベッドの上でぴーぷーぴーぷー鼾《いびき》をかいているパジャマ姿の老人を見ながら念じたが、うまくいかなかった。

部屋へ入るなり、

「この寝床がいい」

とベッドを占領し、畳んであったパジャマを勝手に着込んで、おやすみ――と寝込《ねこ》んでしまったのだ。

濡《ぬ》れタオルで鼻と口をふさぎ、後はゴミ捨て場にうっちゃっておけば、妖物《ようぶつ》かゴミ収集車が処理してくれる――そうは思っても、その気になれなかった。

タオルどころか、彼女はキッチンへ入って朝食の用意をしはじめた。

案《あん》の定《じょう》、老人――ドクター・ランケンは、少しして眼を醒ますと、飯じゃ飯じゃと喚《わめ》きはじめた。

ハムエッグとパンにコーヒーと野菜サラダを出すと、コーヒーは飲《や》らん、ココアにしろと要求する。

「はいはい」

「おお、素直じゃな」

「約束は覚えているでしょうね。朝食を摂《と》ったらすぐに出て行って」

「どしよかなあ」

と人さし指を頰《ほお》につけて、首を傾《かし》げる。それがなんともユーモラスで、麗夜は噴き出した。あわてて、顔つきをシビアに変え、

「約束よ。覚えてるんでしょうね？」

と睨《にら》みつけた。

「耳が遠くてのお」

「いい加減にしなさいよ」

とアイス・コーヒーのポットをふり上げると、

「あ、聴こえた。よかろう、出て行ってやろう」

「あーせいせいするわ」

「しかし」

「え？」

とまたコーヒーポット。

「あわてるな」

老人はウインクして、

「世話になった礼をしなくてはならんな」

「余計なお世話よ」

「ふふふ、そう言うな。わしは医者だ。医者流の礼をしようというのだ。ありがたく受けたほうが得だぞ」

「何が得なのよ？」

「おまえの家族、親族、友人、知己《ちき》——誰でもいい。病《やまい》で苦しんでいる者がいたら、只《ただ》で診《み》てやろう。しかも、必ず治してみせる」

ひと呼吸置いて、麗夜は、

「本当に？」

と訊いた。

「やはり、おったか。ただしひとりきりだ。よく考えてセレクトせい」

「すぐに治してもらえる？」

「わしの病院でな」

「それどこにあるの？」

「今のところない」

「ちょっと」

三度のコーヒーポット。

「わしの悪い癖《くせ》でな。昼から飲みすぎて、トイレに間に合わず、玄関でやってしまったら、足を滑らせて、外へ出てしまったのだ。それ以来、丸一年半戻っておらん。いやあ、大失態大失態」

「患者を放ってあるの？」

「戻れないのだから仕方あるまい」

「いったい、あなたの病院って何処にあるのよ？」

「わからん。たそがれどきになれば、いきなり眼の前に現われるのだがな。それはよくよく運のいいときじゃ。ひどいときになると、何年も休診中のことがある」

「やめとくわ。そんなおかしな病院へあの人を入れたくありません」

「この街に住んで、おかしなもへチマもあるまい。とにかく、たそがれどきを待て。その間に、おまえの情夫《いろ》を用意しておくんだな」

「イロって何よ？」

「え？　違うのか？」

「違います。私の姉よ」

「ほお」

老人は眼を光らせた。

「とにかくたそがれどきまでに、ここへ連れて来い。ひょっとして、タイミングをずらしたら、二度と辿《たど》り着けんかもしれんぞ」

「わかったわ——すぐ会って来ます。それまでここにいて」

「はいはい」


麗夜が出て行くと、老人はリビングの真ん中に胡座《あぐら》をかいて何やら考えていたが、

「うーむ、やはり他人の手を借りなくてはならんかな」

とつぶやくと、ひょっこりと立ち上がり、寝室へ

向かった。鼻歌混じりであった。

2

「もう駄目よ。これ以上責められたら……あたし死んでしまう」

眼はかすみ、喘《あえ》ぎさえ忘れるような断末魔に近い声であった。

〈神楽坂〉に最近できた豪華ホテルの一室である。

四〇を過ぎた汗みどろの肉体は、若い娘よりも遥《はる》かに激しく淫《みだ》らな行為に没頭していたが、一時間弱でついに白旗を掲《かか》げた。

女の下肢の間には若い男が、きっちりと嵌《は》まり込んで、腰を動かし続けている。

「お願い……やめて……あたしを殺しても……いいの?」

「どうしようかな?」

若者は揶揄《やゆ》するように言った。その言葉に絡《から》みつく冷たいものに、女は気づいていない。

「え?」

「奥様、この頃、ちっとも会ってくれないし、ご主人やお仕事のほうが大切みたいだから」

「——まさか、別れたいって?」

「とんでもない。でも、無理矢理こっちを向いてもらうのも悪いし」

女の顔は正気を取り戻した。

「大事なパトロンを失いたいの?」

「とんでもない。いつも感謝してますよ」

男は女の乳房に吸いついた。同時に右手が腿《もも》のつけ根にのびて——女にとっては絶対に離れられない動きを再開した。

「ああ……それよ……その動きよ……どうして……こんなにも私を……狂わせるの? ……離れては駄目よ……ずっと私のそばにいて……いつも、その指で、別世界へ……」

「お連れしますよ——いつだって」

男の舌は乳房を唾《つば》だらけにしてから、喉《のど》へと移っていた。女の欲望を高める部分を知り尽くした動きであった。

「ですからあなたも、いつものように、援助を忘れないで。ほら」

指が一本軽く触れるだけで、女は別の世界へと、悲鳴に近い叫びを上げながら埋没した。

言葉はうわごとに近かった。

「幾《いく》らでもしてあげる……。だから、あなたも……絶対に……私を……離さない……で」

その口を男の唇がふさぎ、二人はまた濃艶《のうえん》淫らな世界へと落ちていった。

落ちきる前に、ドアが開いた。入って来たのは四人の男たちであった。レスラーのような巨軀《きょく》の後から入って来た小柄な男を見て、女が、

「あなた⁉」

蒼白《そうはく》の顔が総毛立《そうけだ》った。

「現場を押さえられた気分はどうだね?」

と小柄な男が残忍な笑みを浮かべた。これを見せつけられたら、どんな我慢強い女でも逃亡したくなるような笑いであった。それがなければ、温和な、人好きのする顔立ちだ。空色のサマージャケットに白いポロシャツがよく似合う。

反射的に豊かな乳房を隠した上掛けを、レスラーふうのひとりが毟《むし》り取った。両腕から乳の肉をはみ出させたまま、女はうずくまった。

「こんな話は、人間が生まれたときからあった」

と小柄な男は言った。

「みな、ひょっとしたら自分の身にも、と考えたはずだ。だが、まさか起こるとは思わなかったろう。久江《ひさえ》よ、おまえはどうだ?」

「あなた……」

女は虚《うつ》ろに繰り返した。

「おまえが、わしの金を持ち出していることは、初手《はな》からわかっていた。どんな奴に貢《みつ》いでいるのかと思ったら、ふん、ミュージシャンとかいう奴か」

ちら、と部屋の隅《すみ》へ向けた眼は、壁にもたせたギターケースを映している。

「あなた……許して」

「いいとも、幾らでも許してやるとも。お仕置きをしてからな。それも今ここでだ」

「な、何をするの？」

「そんな怖い顔するな——用意はして来た。おい、まず君からだ」

「どなた？」

　若い男の問いが、あまりにも落ち着いているせいで、小柄な男は噴き出した。

「はは、とぼけた坊やだな。状況はわかってるんだろうね？」

「それはもう」

「何か言うことはないのか？　それとも、私がどこの誰だか聞いていないのか？」

「いや、有田《ありた》工業の現社長・有田三義《みつよし》さん——〈区外〉でも有名な実業家です」

「だから、これからやらかすのも、脅し半分だと考えているな？　女房に近づくな、はい、で片がつくと？」

「いえいえ。人間、切れるとヤバいです」

「そうだ、そのとおりだ」

　小柄な男——有田三義は両手を打ち合わせた。

「正《まさ》しくそのとおりだ。そして、私は完全に切れている」

「少し落ち着きませんか？」

　若い男は全裸を隠そうともせずに訊いた。

「どうせ僕も奥さんも殺すつもりでしょうが、それはあなたのためになりません」

　あくまでも落ち着いた言い草に、有田は呆《あき》れた。今までも全く同じ状況で、同じように振る舞った男はいる。だが、それはただの強がりで、道具を見せただけで、みな泣き喚いて許しを乞うたものだ。しかし、この若いのは——ビクともしていない。

「僕は——芽以戸です」

と彼は名乗った。

「どうするおつもりです。やることが決まっているのなら、これ以上、時間をつぶすのは勿体《もったい》ない。あなただってお忙しい身体《からだ》でしょう」

「これはご親切に。で――君はどうなんだね？」

「あなたより忙しいですね。一〇〇倍も」

彼はひょいとベッドから下りて、椅子《いす》にかけてある衣類に手を伸ばした。

その手首をレスラーの別のひとりが押さえて、ねじり上げた。

「いたたた。やめてくださいな。こんなことをしても何にもならない。それより、どうです？　僕を奥さんの代わりにしてくれませんか？」

部屋が静まり返った。正に途方もない提案――というか言い草であった。

有田が奇妙な表情を固着させたのは、その意味がわからなかったのだ。

彼は若者――芽以戸の端整な顔を見つめて、

「放してやれ」

と言った。

芽以戸は全裸の身体を彼の前へ運んだ。自信に満ちた足取りであった。

「ちょっと――君」

女――久江がただならぬ声を上げたのは、先の出来事を予見していたのかもしれない。

芽以戸は有田の首に両手を廻《まわ》した。レスラーたちが顔を見合わせるのも尻目に、七〇越えの大実業家の唇に、自分のそれを押しつけたではないか。

「やめて⁉」

走り出そうとする久江はレスラーのひとりに抱き止められ、芽以戸の手が夫の股間へのびるのを黙って見守るしかなかった。

「あんな女――捨ててしまえ」

放した唇を分厚い耳に寄せて、芽以戸はささやいた。それは悪魔のささやきだったのかもしれない。

有田は喉をごくりと鳴らして、

「——何が欲しい?」

と訊いた。

「お金」

「——いいだろう。だが、女房は——」

「ああいう女を生かしておいては、同じことが繰り返されるだけです」

「——何を言うの、芽以戸?」

久江の眼は限界まで見開かれ、声は震えていた。血管全部が、信じられないという言葉を全身に運んでいた。

「僕が始末します。拳銃をお持ちですか?」

「…………」

「力業《ちからわざ》のおつもりですか。では、お帰りください。後はみなお任せを」

「……慣れているようだな?」

「その辺はご想像に」

恐るべき若者は、ドアを指さした。

有田は悲痛とさえいえる表情で、久江を見つめ、ドアへと歩き出した。

「あなた、待って——置いて行かないで」

白い生腕を別の男の手が摑《つか》んだ。数分前まで彼女を快楽の絶頂へと導《みちび》いた腕であった。

昼近くに芽以戸は〈神楽坂〉のアパートへ戻った。

数秒で表情が変わった。

「左露麻《さろま》」

戸口で茫然《ぼうぜん》と呻《うめ》いた。

「——何処へ行った?」

部屋へ上がり込んだ足先で、鎖ががちゃんと鳴った。

〈四ツ谷駅〉近くの盛り場は昼から営業中である。昼食を摂ったばかりの労働者が二人、向こうからやって来る七、八歳と思《おぼ》しい男の子に眼を留めた。バランスを崩した歩き方は、明らかに飢《う》えているふうだ。

飲食店から洩《も》れる匂いに引かれて来たのかと、片方が声をかけた。

「おい、坊主——腹でも減ってるのか?」

不意に少年は駆け寄って来た。

「お腹《なか》——」

両手を広げて二人に抱きついた。

「空《す》いたあああ」

その背は二人より高くなった。


「おい待て」

追い抜いた途端に声をかけられて、せつらはふり向いた。

小さな老人がこちらを見上げている。

「何処へ行く?」

「当てはないけど」

訊くほうも訊くほうだが、答えるほうも答えるほうである。

老人は顎《あご》に手を当て、

「ふむ、面白い奴だな」

と言った。

「どーも」

歩き出すと、ついて来る。

せつらはかまわず、前方の橋へ向かった。〈四ツ谷駅〉前である。

老人がぶつぶつと、

「この辺だと思うが、まだ時間がある。おい」

せつらは歩き続けた。老人は素早く走り寄って、コートのベルトを摑んだ。

「おい」

「何か?」

「たそがれどきまで、まだ時間がある。昼飯を奢《おご》れ」

「どなた?」

「安っぽく名乗る名前は持っておらん」

「では失礼」

せつらは軽く腰をふった。どんな技を使ったのか老人は軽々と左へとんで、橋げたにぶつかって落ちた。

「年寄りになにをする！」

肩と腰を揉《も》みながら喚いた。ついでにせつらも指さしたので、通行人は立ち止まり、駅前交番から警官までやって来た。

「あいつじゃ、あいつが年寄りを橋げたに突きとばしたのだ。わっ、頭から血が出ておる。傷害犯じゃ、傷害犯じゃ」

「本当かね、秋くん？」

と年配の警官が訊いた。顔見知りであった。

「いやその」

「あーっ、おまえらグルだな」

ついに老人はひっくり返って手足をバタバタさせはじめた。まるで幼児であるが、様になっているのが怖い。

「みんな見てくれ聞いてくれ。ここにいる警官は、わしを傷つける男とグルじゃ。無辜《むこ》の老人に対する暴力を口裏を合わせて揉み消そうとしておる。グルじゃグルじゃ」

「どうするね、秋くん」

警官がうんざりしたような顔で、

「何なら一泊させるか」

せつらは、いや、と言ってから、地べたで喚き散らす老人へ、

「耆る」

と言った。彼はひょいと立ち上がり、腰と尻を叩《たた》いて、

「わしの眼に狂いはない」

と破顔した。

二人は橋の手前へ戻って、左へ折れ、飲食店街へ入った。

「何にする？」

老人はきょろきょろと四方を眺《なが》めて、

「おお、あれじゃ！」

歓声を放った。

看板に、

「イカモノ・ハウス」

とある。蜘蛛《くも》、蠍《さそり》、回虫《かいちゅう》などが、にっこり笑った絵《イラスト》もついている。なかなか達者であった。

すでに八割埋まった席について、メニューを開くや、顔中を口にして、ウエイターに、

「これじゃ。決定版——牛の扁桃腺《へんとうせん》と鶏《にわとり》のトサカの煮つけ、ローランド・ゴリラの睾丸《こうがん》の酢《す》漬けと猫回虫の刺身じゃな。はっはっは」

「嬉しそう」

とせつら。明らかにうんざりしている。

「わしは決まった。次はおまえじゃ。その顔だ。平凡な料理を注文したら、許さんぞ」

「お茶だけ」

「元競争馬の小水でよろしいですか？」

「やめとく」

「困ります」

文句をつけるウエイターを、せつらはじっと見つめた。

彼はよろめいて、

「承知いたしました」

と厨房《ちゅうぼう》へ戻った。

「あら」

老人の背の方で、どすの利《き》いた女の声が上がり、のっしのっしと近づいて来た。

〈新宿〉一の女情報屋・外谷良子《とやよしこ》であった。

「久しぶりね。あんたにこんな趣味があるとは思わなかったわさ」

「連れ」

とせつらが顎をしゃくると、

「時々、ぜーったい似合わない相手とデートしてるわよね。今回なんかサイコー」

「………」

「ちょっと何見てるのだわさ？」

「いや、実に店に合ったお客だと」

「むう」

と外谷は不平面をしたが、あながち間違ってはいないと納得したらしく、

「今回も人捜しなの？」

と訊いた。

「仕事でね」

「ドクター・ランケンを捜しているんだって？」

「何処で仕入れた情報？」

「ふっふっふ」

外谷は意味ありげに笑った。〈新宿〉一の情報屋の面目躍如《めんもくやくじょ》たる含み笑いである。

「顔を知っているのか？」

「いいや。知ってる？」

「残念ながら」

外谷は首を傾げて、

「でも、すぐ会えるような気がするわ」

と言った。

「同感」

とせつら。

「しっかりやることね。ほんじゃ、あたしは河馬《かば》の寄生虫を平らげてくるわ」

「ご機嫌よう」

外谷が背を向けた瞬間——

店の外から凄《すさ》まじい悲鳴がとび込んで来た。

3

立ち上がったのは、身なりで観光客と知れる客ばかりで、ほとんどは外へ眼をやるくらいで気にするふうもない。そういう街なのだ。

ドアの向こうに人影が近づき、隙間《すきま》から上体をねじ込んで来た。

悲鳴が上がった。これも観光客だ。男の顔の右半分から肩にかけて、不自然に失われていた。

鮮血が音を立てて床に落ちる。毟り取られたの

だ。

「こりゃあああえええぞ」

老人が膝《ひざ》を叩いた。

「この街らしい。スリルとサスペンスじゃ。おい、コック——この男の肝臓をケチャップで炒《いた》めろ」

返事の代わりに、ドアからもうひとり入って来た。七、八歳と思しい少年である。上はTシャツ、下は半ズボンだ。

口から胸もとにかけて真っ赤だが、犠牲者でないのは、その狂的な表情でわかった。

その眼がせつらを見た。

途端に体内から血と肉への妄執《もうしゅう》が消え失《う》せ、ひどく人間的な表情が湧き上がって来た。

「食人鬼《グール》だの」

と老人が的確な判断を下した。

「それなら、いっぱいいるけど」

「その辺のとは違う。こいつは〝向こう側〟の血がずっと強い。えい、生かしておけば、いたずらに犠牲者が増えるばかりだ。おい、召し捕ってしまえ」

「どうする気?」

「決まっとる。解体して食材じゃ」

「ならお断わり」

すでに客たちの拳銃や麻酔銃が少年鬼を向いている。

どう見ても、血まみれの餌《えさ》に食らいつくはずの少年は、こちらを見つめていた。せつらを見てしまったのだ。

その様子に、老人がほおと唸《うな》った。

「天与《てんよ》のハンサムというのは、化物《ばけもの》にも愛されるか」

遠くからパトカーの愛すべきサイレンが近づいて来た。

「おい、召し捕れ」

と老人が命じた。

「捕まえてどうする?」

とせつらはまた訊いた。

「治療してみよう。こいつは根本的に治療すれば、何とかなりそうだ」

「本当《ほんと》に?」

「うるさい。とにかく捕まえい。おい、誰か麻痺銃《パラライザー》を射て」

「中止」

とせつらが声をかけた瞬間、少年の表情が紙のようになった。筋肉の示すあらゆる動きが消滅する。

「ほーん」

老人が、しげしげとせつらを見た。少し酔ったふうに、

「会《お》うたときからそう思っていたが——秋せつらか?」

「正解」

「わしはドクター・ランケンじゃ」

「へえ」

これがせつらの驚きの表現であった。普通の人間なら、跳《と》び上がったに等しい。

「おたくに、でっかい患者います?」

「知らん。病院には一年とちょっと戻っておらんのでな。どんな患者がいるものやら」

「職業を間違えたのでは?」

「ほっとけ——それより、じきにパトカーが来る。うるさいのは敵《かな》わん」

「では」

せつらは立ち上がって、レジへ向かった。見えない糸に縛《しば》られた少年も、ぎくしゃくとついて来る。客たちの銃口は、まだ狙いを定めたままだ。

店を出たところで、警官が走り寄って来た。マグナム・ガンを抜いた姿のままで、全員が硬直した。中にさっきの警官を認めて、せつらは軽く会釈《えしゃく》して歩み去った。

〈新宿通り〉へ出て、

「どちらへ?」

と訊いた。

四方を見廻していた老人が、

「通りを渡って〈駅〉の方へ行け——今じゃ！」

歩行者の信号は赤である。

せつらはかまわず進んだ。

「莫迦野郎《ばかやろう》」

間一髪《かんいっぱつ》で急ブレーキをかけた運転手が身を乗り出して喚き、すぐに、

「あれ？」

と呻いた。

ノーズにぶつかる寸前の三人組が空気に呑《の》み込まれてしまったのだ。


せつらがひとりで〈十二社《じゅうにそう》〉へ戻ったのは、夕暮れどきである。

〈秋せんべい店〉の姿が見えはじめてすぐ、シャッターの前に立つ芽以戸が見えた。

「ほお」

と声が出た。

こけた頬、拭《ぬぐ》った手の下から覗《のぞ》く厚ぼったい両眼は、涙目であった。

せつらに気づくや、あっと叫んで走り寄って来た。

「捜してください——あの子を」

身も世もない訴えとはこれだ。

「あの子？」

「そうです。僕の汚れていない魂《たましい》です。それがいなくなった。このままじゃ、僕は人間として生きていけません」

「少し大仰《おおぎょう》では？」

「あなたが、その辺に落ちている小石を拾って世界一大事なものだと言えば、僕は認めます。あの子は、僕にとってそういうものなんです。捜してください、今すぐに。お金はあります」

「奢ったけど」

「ご馳走《ちそう》さまでした。あの子のために貯《た》めておいたのです。でも、あの子は飢えていると訴えることもできない。訴える前に、牙を剝《む》くでしょう。それだ

けは防がなくてはならない」

「年齢は？」

「六歳」

「服装は？」

「Tシャツと半ズボンです」

ふっと、せつらを見上げて、

「ひょっとして――ご存じですか？」

「名前は？」

「左露麻」

「男の子？」

「とんでもない、女の子です。あんなに愛くるしい天真爛漫《てんしんらんまん》な子はいません。ご存じなんですね？――連れて行ってください！」

「いや。男の子で」

突然、芽以戸の全身から昂《たか》ぶりが消えた。絶望が顔を埋めた。

「女の子です。とても可愛《かわい》らしくて綺麗《きれい》な女の子です。あれは天使だ。〈新宿〉中の道路を引っぺがしても、捜し出してください」

「写真はある？」

「おお！　引き受けてくれますか。ありがとう、ありがとう。これで安心だ」

「写真は？」

「ありません」

涙を拭いながら言った。

「内部《なか》で話そう」

せつらは溜息《ためいき》をつかないように言った。


ひっくひっくとしゃくり上げながら、冷えた麦茶を飲む芽以戸の姿は、悲痛そのものであった。

せつらでさえ、同情の念を覚えたほどである。

左露麻とは、この街へ来る二年前に知り合った。場所は覚えていないが、日本ではなかったかもしれない。ひと目で心を奪われ、〈新宿〉で暮らすことにした。芽以戸が外へ出ている間、左露麻は部屋で暮らしていたが、今日の昼、戻ってみると姿を消していたという。

「日本でなかったというと、何処？」

せつらの問いに、芽以戸は、わからないと応じた。自分が何処で生まれ、左露麻と巡り会うまでどんな暮らしをしていたのか、記憶は、

「霧に包まれているようです」

とだけ答えた。

「学校は？」

「行かせませんよ。そんな必要はありません。あの子にはつまらない現実の知識や常識なんか必要ないんだ。僕にはわかります。そうやって神のような汚れのない魂のままで生きていくんです」

「行く先に心当たりは？」

「ありません。あの子の生きる場所は、僕のそばしかないんです」

「じゃあ、なぜ逃げた？」

「それがわかれば、こんなに苦しみません。僕は彼女のためにできるだけのことをやってきた。それだけで人生を終えてもいいと思っていたのです。左露麻もわかってくれていると思っていました。だから、二人とも幸せだった――なのに、何故《なぜ》……」

せつらは、いつものように黙って依頼人を見つめていた。

脳裡《のうり》には、昼間〈四谷〉で会った人食い少年の姿があった。

あの後、彼は〈たそがれ医院〉を訪れたのである。

昼ひなかのはずが、周囲には蒼《あお》いたそがれが下りていた。

建ち並ぶ家々からすると住宅街であった。

住人もいるのか窓には明かりが点《とも》っているし、車の走行音も聞こえた。

年代物の白いペンキも剝《は》げ落ちた木の看板に、黒々と、

――たそがれ医院
と記《しる》されていた。

老人の後について、せつらは少年を背負って中へ入った。

何処にでもあるような平凡な内部であった。待合室には、電気ストーブが点いているが、人はいなかった。スリッパもきちんと揃《そろ》えてある。

玄関へ入ると、靴を脱ぎながら、老人は、

「土和井《どわい》はいるか？」

と呼んだ。

受付にも人はいなかったが、奥へと通じる通路の向こうから、白衣の看護師が現われた。院長相手には勿体なさすぎる若い美女だ。

またか、という顔で、

「先生――一年半も何処で」

疲れたように言った。

「うるさい。患者だ。変換室へ運べ」

「はい」

と言ったきり、若い看護師は立ちすくんだ。前方にせつらがいる。異界の病院で働く看護師もせつらの魔法からは逃れ得なかったと見える。

「何をしている。早《はよ》せんか」

老人の叱咤《しった》に、ようやく我に返ったものの、顔つきはぼんやりしたままだ。はい、と応じてせつらに近づき、背に負った少年を受け取った。

すでに奥へと消えた老人を追って歩く看護師について、せつらも廊下を歩いた。

左右にはドアが並んでいる。

――治療室1
――内科診療室
――脳外科治療室
等々のプレートが貼ってあるのが、不思議だった。外からはどう見ても総合病院の規模ではない。町の病院がいいところだ。

老人が左奥のドアのひとつを開けて消えた。次の次に入って、せつらは、へえと洩らした。

どこから見ても、隣のドアとの距離からは想像もつかぬ広大な部屋であった。

「『変換室』？」

と訊いた。

「そうじゃ」

老人は幾つも置かれたベッドのうち、真ん中のひとつに少年を置くように指示した。

「あれ？」

いつの間にか白衣に着替えている。視線は右奥だ。それを追って、せつらは、

「ここは」

とつぶやいた。

この空間を病院より水族館だと確信させるような巨大な水槽が壁に埋め込まれ、包帯だらけの人体が浮かんでいる。三メートル近い身長を見るまでもなく、

「モンパルナス氏」

とせつらは口を衝《つ》いた。

「水槽に入れる際、わしは包帯など巻かん。土和井――おまえか？」

「はい」

少年の身体の上に、センサーらしき円盤を固定しながら、看護師は虚ろな声で言った。

「しかし、まあよかろう。わしは不在だったからの」

せつらを見て、

「捜してるのは、彼か？」

せつらは右手を上げた。

「どうじゃった？」

看護師は軽く頭をふって、脳内の美影身を散《ち》り散《ぢ》りにしてから、

「説得したら、素直に従ってくれました。こんな扱い易《やす》い患者は、はじめてです」

「それはよかった」

老人は右手を上げた。空中にコンピューターのコンソールみたいな画面が浮かび、そこを走る何本ものラインを一瞥《いちべつ》して、

「身体の半分をミサイルの炎と爆発で吹きとばされ

ておる。すべてはこれからじゃな」

「メフィストの話じゃ、死んでたのが復活したって」

「ふむ。よくある現象だ。ここへ来たときは、また死にかかっておった。まあ、こういうタイプには生命《いのち》が幾つもついておる。何とかなるじゃろう」

「こっちは？」

　せつらは少年の方を指さした。

「こちらが厄介《やっかい》じゃの。ちと、変相のランクが高い」

「どうするの？」

「今のままでは、〈新宿〉一凶暴な食人鬼だ。とりあえず、市民生活が営《いとな》めるレベルに転換してみるが――当人は望むまい」

「なら、放っといたら」

「うーむ」

　老人は考え込んだ。せつらの意見ももっともだと一考したのである。

　食人鬼のまま放置したら――酷《むご》い考え方と思うのは〈区外〉のことだ。その存在のあるがままの姿で生きるべしが、〈新宿〉のモットーなのである。その結果が悪鬼として追われ、殺害されるか、闇のどこかに潜《ひそ》んで人間を食らいながら生き抜いていくか――どちらを選ぼうと、本人らしく生きることはできる。

「この子は、わしが知る最悪の食人鬼じゃ。無駄かもしれんが、やってみよう。少なくとも保護者はいるようだしの」

　少年の両手両足に、鉄の枷《かせ》がついているのは、せつらも最初から気づいていた。少年は逃亡者なのだ。彼の喪失に、憤激し、或《あ》るいは絶望している者がいるかもしれない。

「こっちはどう？」

　水槽の巨人のことである。

「総合情報によれば、正直、危険じゃ。これから両者の手術《オペ》を行なう」

「両者って、一遍《いっぺん》に?」

「そうじゃ」

声と同時に、青い光がせつらの前後左右を流れた。

それはベッドの少年と水槽の巨人に吸い込まれ、その身体を激しく痙攣《けいれん》させた。

「見ておれ」

老人は少年のベッドに近づき、その上に屈《かが》み込んだ。右手のメスはいつ握ったのか。

第四章　恋情《れんじょう》の歪《ゆが》み

1

「よっしゃ」

と離れた老人へ、せつらは、少しきょとんとした表情を向けた。

屈《かが》み込んでから一秒と経《た》っていない。メスは一度閃《ひらめ》いたが、それが何をしたというのか。そもそも何処《どこ》を切ったのか？

「脳幹《のうかん》のX部位に刻みを入れた。まずは普通の人間じゃ。さてと」

小さな身体《からだ》は水槽に向かった。

天井から下りて来た四つのゴム輪に、素早く両手両足を通すと、何処かのメカが作動し、軽々と宙に浮かぶや、巨人の胸のあたりに降下して行った。

包帯の胸部にメスが光った。

「うーむ」

と顔を上げたのは、二分ほど経ってからである。

「いかんなあ。いったん死んだ組織が古巣へ戻りたがっておる。いかん、いかん。実にいかん」

少年の手当てをしている土和井看護師へ、

「あっちはどう？」

とせつらが訊《き》いた。

「先生が危ないと仰《おっしゃ》っている以上――蘇生《そせい》の見込みはありません。それより――」

せつらの肘《ひじ》に手をかけて、

「この後、ディナーをご馳走《ちそう》してくださいません？ おいしいフレンチ屋を知ってます」

女の声は濡《ぬ》れ、瞳は煙《けぶ》っていた。

ふわ、と老人が上昇した。メスは血にまみれていた。

「これでおしまいじゃの。となると、別の手を考えるしかないの」

「まだ打つ手が？」

せつらの問いに、

「それはもう」

と看護師が惚《ほ》れ惚《ぼ》れとうなずいた。

「ほれ」

巨人の胸から一本のビニール管が少年の胸へとのびた。管の先には針がついていた。少年の胸から赤い液体が管内を流れた。

稲妻《いなずま》が虚空《こくう》に絵図を描いた。

ドラマチックな現象は物惜しみをしなかった。次の瞬間、巨人は上体を起こしたのだ。水しぶきが上がった。

「治った?」

看護師はうなずいた。困惑の表情であった。

巨人が水槽の縁に手と足をかけ、一気にガラス面を滑《すべ》り下りた。

包帯に手をかけて巻き取った。

「へえ」

とつぶやくせつらのかたわらで、看護師が崩れ落ちた。

何もかも歪《ゆが》み、自然界のバランスを失った眼と鼻と口の醜悪さは、せつらの依頼人のものではなかった。

干《ひ》からびた粘土のような唇から、獣の呻《うめ》きが漏れた。

「デイジー——何処《どこ》にいる?」

と叫んだ。彼にふさわしい内容だが、声は違った。かん高い。

「子どもと合体させたか。ドクター・ランケン?」

せつらの口調には珍しい怒りがこもっていた。

「成功じゃ」

空中から声が降って来た。

「だが、変換が早すぎる。お互いが慣れる間に分離するか。いや、やめい!」

巨人が前方のベッド群を押しのけながら、せつらの方へ歩き出した。

「逃げたほうがいいぞ。あの坊主の本能的な狂暴さが奴《やつ》を支配しておる」

巨大な手が摑《つか》みかかり——空気を握りつぶした。

せつらは垂直の上昇を遂《と》げていた。巨人が床を蹴《け》った。

「おお!?」

と叫んだのはランケンだ。

巨体はせつらの眼前に舞い上がったではないか。

ぐんと拳《こぶし》をふり上げる。ランケンの眼には血煙《ちけむり》とともに粉砕《ふんさい》されるせつらの上体が幻視されていた。

だが、巨人の動きはここで停止した。打撃の姿勢を取ったまま、彼は垂直に落ちはじめた。

その姿で地上に降り立ったとき、足の底から地響きと揺れが広がった。

それきり微動だにしない巨体へ、怖《おそ》れげもなくランケンは駆け寄って、その足と腰に手を触れた。細めた眼が光った。

「何かが食い込んでおる。これが動きを封じたか。秋せつら——逆らう者はすべて身体の何処かを落とされ、寸断されていると聞く。その秘密はこれか」

「どうします?」

と尋ねたせつらは、老人の前にいた。

「分離を考える——だが、こちらは融合ほどうまくはいくまい。時間がかかりそうじゃ」

「どれくらい?」

「わからんな」

「目星がついたら、連絡貰《もら》えます?」

「いいとも」

せつらは巨人を見上げた。

「僕がわかります?」

殺気に満ちた眼に、動揺がゆらめいた。束《つか》の間《ま》、穏《おだ》やかな光が広がった。

「あ……ああ……〈新宿〉一の人捜《さが》し屋だ……ディジーは……見つかったか?」

「残念ですが。捜索は続けます」

「ああ……。よろしく……」

声は吸い取られるように消え、巨人の表情が変わった。

凶気と残忍が嵐のように室内を巡《めぐ》った。

「何をしてやがる……この役立たずが……さっさと捜し出して……おれの前へ連れて来い……でないと……八つ裂きにして、脳味噌《みそ》から食らってやる」

巨体がわななき、その胸に胴に腕に膝《ひざ》に、朱色のすじが生じるや、みるみる太さを増しはじめた。流血であった。

「痛い痛い」

巨人は動きを止めた。

「やめてくれ。おれを自由にしろ」

「あの坊主の意識じゃ」

老人が悲痛な眼差《まなざ》しを巨体に向けてから、せつらへ、

「後はわしに任せて帰れ。連絡は取る」

「よろしく」

せつらは軽く頭を下げて、ドアの方へ向かった。

土和井看護師がついて来た。

三和土《たたき》へ降りるとき、

「ディナーは約束よ。連絡するわ」

うっとりとせつらの肘を引いた。

玄関を出るや、その前を猛烈な勢いで車が通り過ぎた。

〈四ツ谷駅〉近くの〈新宿通り〉のど真ん中――〈たそがれ医院〉へ入った場所であった。

急ブレーキが絶叫した。

それを足の下に聞きつつ、三メートルも跳躍したせつらは、歩道に着地するや、のんびりと〈四谷本塩町《よつやほんしおちょう》〉方面へ歩き出した。

〈本塩町〉の坂道の手前で、せつらは小さなビジネス・ホテルへ入った。

フロントを抜けて、エレベーターに乗った。

308が目的地であった。下りたところで〝探《さぐ》り糸〟を使った。

「あれれ」

と放って足早に向かった。ドアのロックを切断し

て入った。

血臭《けっしゅう》が押し寄せて来た。

ビジネス・ホテルとは思えぬ広い部屋は血に塗られていた。

このホテルは、部屋と部屋をシャッターで仕切り、客の要求に応じてワン・フロアまで拡大できる。建前は会議用だ。

床やベッドに倒れている男たちは四名。ベッドをずらして、組立式のプラスチック・テーブルを据《す》えていた。テーブルには四人分のコーヒーカップと〈新宿〉の地図とガイドブックが広げられていた。

血臭の中に、せつらは硝煙《しょうえん》の名残《なご》りを嗅《か》いだ。歓談中に訪れた侵入者が、火器を射《う》ちまくったのだ。ただし、拳銃や短機関銃ではない。

死体の上半身は跡形もなく消滅していた。床にも壁にもベッドにも血と肉片がこびりついていた。この部屋はまとめて破棄《はき》するしかあるまい。

「ミサイル」

とせつらは苦笑した。頭の中にはブラナガン特務の顔が浮かんでいたかもしれない。

せつらがここを突き止め、その素性《すじょう》を知るために訪れたのは、ブラナガンの部屋を襲撃したドローンに巻きつけた妖糸《ようし》に導《みちび》かれたからだが、ブラナガンにもわかっていたらしい。せつらが遅れたのは、〈たそがれ医院〉に寄り道していたからだ。

いちばん年配の男の死体を妖糸で探ったが、身分証明書もパスポートも発見できなかった。部屋の衣裳棚《クローゼット》も同じだ。侵入者が持ち去ったに違いない。勿論《もちろん》、通信器もスマホも同じだ。武器その他も紛失しているのには、少し驚いた。

「いい仕事《グッジョブ》」

と言い置いて、せつらは窓から外へ出た。侵入者の真似《まね》だ。ロックしてあった以上、出口は他にない。

じき、ホテルのスタッフが気づいて警察へ連絡するだろう。

こうして彼は〈十二社〉へ戻って、芽以戸と遭遇《そうぐう》したのであった。

芽以戸の求める相手が、あの少年なのはほぼ間違いあるまい。問題は性別だが、この街ならその辺の違法医師でも簡単にチェンジ可能だ。

せつらはしかし、それを口にしなかった。万が一の場合、希望を与えるのは残酷だ。精神《こころ》の光と影だけは、〈新宿〉も〈区外〉も違いはない。

「左露麻に癖《くせ》のようなものは？」

「――特に。いえ、大食いです」

「人の肉を？」

「そうです」

隠そうともしない。せつらも――すでに確認しているとはいえ――確かめない。

「了解――手がかりを摑み次第知らせます。そうでなくとも、毎日連絡は取ります」

「よろしくお願いします」


芽以戸の顔写真を一枚撮って別れると、せつらはすぐ、看護師・土和井に電話をかけたが、通じなかった。まだ〈たそがれ医院〉にいるのだ。

あそこには巨人――モンパルナスもいる。芽以戸を会わせることもできる。とりあえずスマホの写真を見せてみる手だが、今のモンパルナスに冷静な判断ができるかどうかは疑問だった。

あの少年の意識を分離するのを待つしかなかった。


翌日の昼近くに、スマホが鳴った。ブラナガン特務からであった。

「今朝、捜索用のドローンが、あいつの写真を送って来た。約束だから伝えるぞ。どうする？」

「あいつって、モンパルナス？」

「いや、デイジーのほうだ。今、〈歌舞伎町〉の『ダーレス』って店で、ギターを弾《ひ》いている」

「行くけど――女？」

「当たり前だ。モンパルナスは、あいつを捜しにここへ来たんだろうが」

『ダーレス』は〈ゴールデン街〉近くのミニ・フリー・スペースである。席数は三〇程度だが、野心に燃えた新人からベテランまでが集まり、手品、漫才、落語、トーク・ショー、弾き語り——と、バラエティに富んだ芸が繰り広げられる。

タクシーをとばして一〇分で着いた。

チケットを買って店内へ入ると、すぐに、立ち見のブラナガンが声をかけて来た。

「間違いない。デイジーだ」

小さな舞台の上でギターを弾いているピンクのドレス姿の女をひとめ見て、

「違う」

とせつらが言った。

「何がだ?」

「あれがデイジー?」

「そうとも。モンパルナスを捨てて逃げた鬼女《きじょ》だ。しかし、いい声だなあ」

それにはせつらも異存はなかった。眼の前の女は顔も姿も芽以戸とは異なる。すべては誤解だ。

それが最後の一曲だったらしく、万雷《ばんらい》の拍手とともにデイジーがステージを下りると同時に、ブラナガンが、

「外へ出よう。車を用意してある」

と言った。

「この通りは車は入れないけど」

「うるさい。来るのか来ないのか?」

「行く行く」

外へ出たが、車など影も形もない。

憮然《ぶぜん》と立っていると、裏口からピンクのドレスと長い髪が現われた。

素早く、ブラナガンが近づき、デイジーとすれ違った。

何をしたのか、よろめくデイジーを抱き上げ、握った右の拳の中身を通りに放った。

銀色の一塊《いっかい》は、せつらの眼の前で、カチカチと音を立てて、小型車に変わった。

2

「『インスタント・カー』か」

そんな〈区外〉の新製品をTVで見たのは、数日前のことだ。スイス軍はとっくに実用化していたとみえる。

自動的にドアの開いた車内へ、女を押し込もうと、ブラナガンが動き出しかけたとき、裏口から五人の男たちが追って来た。

「止まれ！」

ひとりが叫んだきりで、後の男たちは無言でとびかかって来た。

「手を出すな！」

ブラナガンの声は、折り重なった影たちの下から聞こえた。

男たちのスピードから強化手術を受けた暴力のプロたることは明白であった。頭や胸部や腹が爆発したのである。爆薬と化学物質の生み出す五〇〇〇度超の炎は男たちの身体に人頭大の穴を開けた。

吹き荒れる炎を避けて、数メートル離れたせつらが、

「あれ？」

と眼を細めた。

車内からピンクのドレス姿が炎をかいくぐって、〈吉本興業東京本部《よしもと》〉の方へ走り出したのだ。そこから交差する通りを渡れば、ラブホテル街への坂道が待っている。

ブラナガンが舌打ちするや、インスタント・カーにとび乗った。

「あのお」

「先に行くぞ！」

せつらを放って走り出す。

「素人《しろうと》は怖《こわ》いねえ」

せつらの背後で、しみじみと口にした声がある。焼死体〈靖国《やすくに》通り〉を下りて来た通行人であった。焼死体のことを言ったのではない。

坂を上り終えたデイジーを追うインスタント・カーへ、左右のビルが倒れかかって来たのだ。倒壊ではない。ゴムか軟体物のように、半《なか》ばから折れ曲がってのしかかったのである。

最初の二つは走り抜けたが、次のラブホテルは間に合わなかった。

素人とはブラナガンのことである。この時間、ラブホテル街のビルが粘塊《ねんかい》状態と化して、動くものに襲いかかる〈優しい重み〉現象を、ブラナガンは知らなかったのだ。

だが――激突する寸前、インスタント・カーから黒い物体がビルに吸い込まれた。後端から青い炎を噴《ふ》いている。超小型ミサイルは、そのサイズに合わぬ破壊力をもって、ビルの壁面をぶち抜いた。

インスタント・カーはスピードを落とさず、粗雑《そざつ》な隧道《トンネル》を通過した。

その前に新たなトンネル建築物が、ねっとりとのしかかった。

「さて」

歩き出そうとしたせつらを、背後からの声が止めた。

「待ちなよ、秋さん」

「その声は、源《みなもと》の伝《でん》さん」

この辺を縄張りにするやくざの中でも凶暴で鳴らす一家――源《げん》グループのトップである。

「今の野郎は、デイジーを追いかけてるんだろ？　だったら、放っときなよ、頼むから」

せつらはふり向いた。あわてて顔をそむけて魔法から逃れたのは、和服姿で貫禄《かんろく》充分な老人であった。

「デイジーのパトロン？」

「違う。ファンだ」

「ファン？」

「悪いかよ?」

「似合わない」

「それはわかってるさ。それでも自分を抑《おさ》えられねえんだ」

伝さんの周囲には五、六人の子分がいて、死んだ仲間たちの収容にかかっていた。それも気にせず、切ないことこの上もない声で、

「あんたみてえな綺麗《きれい》な男にゃあわからねえだろう。どんな美人も敵《かな》いやしねえんだからな。けどよ、あの女の歌を聴《き》いてると、鼓膜《こまく》から泣けてくるんだ。それがいつの間にか、あの女への想いに変わってる。わかるかい?」

「病院へ行ったら?」

伝さんは首を垂れた。

「やっぱりそうか。確かにおれはイカれているのかもしれねえ。けどよ、あんたも一曲でいい、あの女の歌とギターの調べを耳にしてみたらいい。もう堪《たま》らねえぜ。そんなとき、あの女と眼でも合ってみな、おれは一生のファンだ」

「はあ」

と応じて、せつらは歩き出した。

「待てよ、あんたも、デイジーをどうこうしようってのか?」

「ノー・コメント」

「よくわかった。殺《や》っちまえ」

殺到する子分たちが脚《あし》から崩れた。不可視の糸が膝上一〇センチで切りとばしたのである。

「無益な大怪我《けが》」

とせつらは言った。伝さんはせつらの技を知悉《ちしつ》しているはずであった。それなのに、子分を向かわせた。血迷っているとしか思えない。

「女狂い」

つぶやくなり、せつらは地を蹴った。いや、自然に舞い上がったのである。

空中高くとび去る影を追っていた伝さんの眼は、突然向きを変えて真上を見上げ、それから逆《さか》さまに

流れて地面に落ちた。せつら殺害を命じたやくざの瞳は少しの間、蒼穹《そうきゅう》を映していた。

上空から俯瞰《ふかん》しても、デイジーは確認できなかったが、妖糸は巻いてあった。

一分とかからず、せつらは「ホテル・エルゼ」のフロントに現われた。

空き室から205を選んで、ナンバーを押し、出て来たキイを受け取る。

目的地は隣室の204であった。

妖糸でロックを切断して内部《なか》へ入る。

ベッドの上で裸体が絡《から》みあっていた。女の喘《あえ》ぎが激しい。

「あの」

声をかけてから、二人の動きが止まり、さらに、女が悲鳴を上げるまで二秒近くかかった。

「あれ?」

乳房を押さえながらこちらを向いた顔は、デイジーとは別人であった。

同時に男も、

「何だ、てめえは⁉」

と一喝《いっかつ》したが、驚きと怒りの表情はみるみるとろけてなくなった。

せつらは状況を理解していた。妖糸は椅子《いす》の背にかけられた男の衣裳《いしょう》に巻きついている。デイジーは気づいていたのだ。恐らくはすれ違いざまに、ホテルへやって来た彼に妖糸を預けたに違いない。

どうやってかは不明だが、ただの人好きのするギター弾きではなさそうであった。

「続けて」

こう言って向けた背に、

「いい男ねえ」

うっとりした女の声がかかった。

看護師は巨人——モンパルナスの代謝反応をチェックしてから、水槽に浮かぶ巨体へ、

「今夜はあなたのお友達とデートしてくるわね」

と話しかけた。

「あなたはまだ、お休みなさいよ。ゆっくり養生《ようじょう》なさい」

ドアの方へ数歩進み、ふと足を止めて、何とも淫《いん》蕩《とう》な笑顔を巨人へ向けた。

「治療にいちばん肝心《かんじん》なのは、外部からの治療じゃないわ。本人の心身の力よ。少しつけてあげるわ」

両手を上げてから、腰をくねらせた。人間というより蛇の動きに似ていた。ボタンひとつ外さず、白衣は足下にわだかまった。ささやかな光を肌に留《とど》めた女体は、薄暗い空気の中で妖しくかがやいた。

「見てごらんなさい、〈たそがれ医院〉看護師長の特別治療よ」

女は腋毛《わきげ》まで見せていた。周囲を男の呻きが廻《まわ》った。ひとりではない。かなりの数である。

「あーら、患者さん、みんな興奮したようね。困った人たちだこと。大人しく寝てなきゃ駄目でしょ」

弄《いら》うような声に合わせて、看護師は腰をくねらせた。その周囲に霧状の塊《かたまり》が幾《いく》つも生じるや、白い女体にすうっと貼りついたのである。

「あら、308の船村《ふなむら》さん。駄目よ、七〇にもなって、熟女のおっぱいを吸うなんて——こら、腋の下までいっちゃ駄目。ああん、この舐《な》め方は708の竹本《たけもと》のお爺《じい》ちゃんね、やだ、流れるほど唾《つば》かけないでよ。船村さんが右、あなたが左——それはいいけど、あなたはもう九〇過ぎよ。無理するとうちの先生でも助けられなくなってよ」

喘ぎ混じりの指摘は、見えない患者たちをさらに昂《たかぶ》らせるためのものであった。

灰色の塊は腰に粘りつき、ぬめぬめとした下腹を覆《おお》い、股間に集まった。

「そこは……そこは……駄目。これからデートする素敵《すてき》な人のものよ。その舌使い……ああ……とっても上手……だけど……きっとあの人のほうが……上《う》手《ま》いわ……ああ……怒ったの？　……でもやめないで……この指使いも素敵よ……駄目……やめちゃ駄目……あ、あーっ……」

絶頂は覚醒《かくせい》の別名であった。

黒い霧の中で悶《もだ》え続ける看護師の横で、巨大な影が、水槽から立ち上がった。


せつらの携帯に看護師からかかって来たのは、その日の晩であった。

ディナーを奢《おご》ってくれという。疲れていると返すと、

「あのでっかい人《ひと》――逃げたわよ」

「人」と口にするのにためらいはなかった。新宿では人も魔《ま》性《しょう》、魔性も人なのだ。

三〇分とかからず、せつらは〈旧・区役所通り〉裏のフレンチ・レストラン「アデュー・ラミ」で、看護師と会った。彼女指定の店である。ホールの真ん中で、バンドが「いつだって《オールウェイズ》」を奏《かな》でていた。

「私――土和井翔子《しょうこ》です」

と看護師ははじめて名前を口にした。

「おかしな名字《みょうじ》のほうじゃなく、名前のほうを覚えて欲《ほ》しかったの」

「それはどーも」

どうでもいいことだ、とこの反応に出ている。

「で?」

「あの巨人さんのこと? 私を見ているうちに興奮して、逃げ出しちゃったわよ」

「ドクター・ランケンは?」

「手術中でした」

「よく逃げられたね」

「あの巨人さん――頭の回転も身体に合わせて早いらしいわ。鍵《キイ》を外すには、特殊な数字を組み合わせなければいけないんだけれど、あっさりやり遂げてしまった」

「――はあ」

「あれは天才よ、秋さん。あの見てくれだから理解してもらえないの」

「ふむふむ」

「あれなら、何処にいても生きていけるわ。代わりに、何処に隠れてもバレるけど」

「傷は?」

「九割治ったわ。生きていく上で不自由はないはずよ。ねえ、彼は何のために〈新宿〉へやって来たの?」

「恋人捜し」

「見つかったの?」

「候補者は」

「会ってみたいわね」

「行方不明」

「素敵」

「は?」

「ミステリ・タッチでいいわ。私、クリスティーとクイーンのファンなの」

「古くない?」

「古典は永遠よ。今のへっぽこミステリを一万冊読むより、一作の『喪服《もふく》のランデヴー』よ」

「別の作家だ」

土和井看護師は、チロと舌を出して、

「ごめんなさい。いちばん好きな作家はコーネル・ウールリッチなの」

「はは」

せつらの知らぬ作家であった。

「ね――捜せるの、巨人さん?」

「すぐ見つかります」

「ま、そうよね。けど、早めに見つけたほうがよくてよ」

仔牛《こうし》のステーキを口に運びながら、土和井看護師は口調を変えた。

「もとの巨人さんならいいけど、今の彼の半分は人喰い鬼が支配しているわ。今日明日にもひと騒ぎ起こすわ」

「やれやれ」

せつらは溶けたチーズが舌を焼きそうな伊勢《いせ》エビ

のブルゴーニュ風を口に運んだ。

コーヒーで決めてから、支配人が来て、ダンス・タイムですと告げた。

「踊りましょ」

土和井看護師がせつらを見ないようにして、せつらの手を摑んだ。

「あ。あ。苦手」

「大丈夫よ。教えてあげる」

「いや、その」

「往生際《おうじょうぎわ》が悪い人ね」

強引にせつらは引っ張り出された。

他のカップルや席の客たちから、いっせいに恍惚《こうこつ》のためいきが洩《も》れる。

奥へ移動したバンドが、「ムーン・リバー」を演奏しはじめた。

「私がまず右足を引くわ。あなたは左足を出す。あとは続けていけばわかるわよ」

「へえ」

数秒後、看護師は、

「騙《だま》したわね」

と宙を仰《あお》ぎながら言った。

ソーシャル・ダンスは相手の顔を見ない。仇《かたき》同士でも踊れる道理だ。

「こんな上手い相手《パートナー》は初めてよ。あなた、プロどころか、世界チャンピオンにだってなれるわ」

「それはどーも」

せつらの声はステップに絡みつき、音楽を部下に優雅なターンも支配下に置いた。

「凄《すご》い、凄い」

拍手は上がらなかった。

二人以外の全員が見惚《みと》れてしまったのである。

だいぶたってから、支配人が現われ、

「ここから、演奏はひとりになります」

と虚《うつ》ろな声で言った。反応はなかった。

奥の出入口からギターを抱いた男が現われても反応はなかった。秋せつらを除いて。

「デイジー」

つぶやきを聞いたのは、土和井看護師ひとりきりだった。

3

曲は「別れのワルツ《オールド・ラング・サイン》」であった。

「いい曲だけど、趣味が悪いわね」

皮肉っぽい土和井の物言いに、

「どして？」

「二曲目に『別れのワルツ』？　これからというときに——最低」

「………」

新たな恍惚の波を広げて、二人は席に戻った。

店を出ると、

「行きましょう」

と土和井が巻きつけた腕に力を込めた。

「何処へ？」

「そんなこと言わせないで」

「いいけど」

「やった」

土和井の冷たい美貌《びぼう》に、笑みが広がった。

二人が足を止めたのは、〈新・コマ劇場〉にのしかかるようにせり出した〈ホテルグレイスリー新宿〉だった。

最上階の部屋からは、〈駅〉に向かうパノラマが望めた。ダブル・ルームである。

「帰らなくてもいいの？」

とせつらはソファで訊いてみた。

「休暇届は出してきました。病院にはあと四人いるのよ」

この女ひとりで管理できるスケールとは思っていなかったが、同じタイプが四人いれば何とかなるだろう。

「あなたなら捕まえられるでしょうね」

と土和井看護師は窓の外を眺望《ちょうぼう》しながら言った。

ワイン・グラスを手にしている。艶《なま》めいた顔色は、せつらのせいばかりではなかった。

「たぶん――でも」

「前とは違う巨人さん？　そうね。前より百倍も凶悪。でも、何とかなるでしょ」

窓ガラスには街並みの中に土和井看護師も映っていた。

男なら、白衣の下はかくあれと妄想せずにはいられない豊かな肢体《したい》が、濃紫のブラとパンティに守られていた。食い込んだブラの下からは乳首が透け、紐《ひも》同様のパンティからは陰毛が淫《みだ》らに覗《のぞ》いている。昂りのあまり、心臓停止に陥《おちい》った男の五人や十人いても不思議とはいえない淫蕩さであった。

「ねえ」

女はせつらの首に背後から両腕を巻きつけて来た。

「別のものも見てみない？」

「はあ」

この状況をどう考えているのか、この若者は？

土和井看護師はせつらの耳たぶに歯をたてた。

せつらは立ち上がった。同時に看護師の身体が宙に浮く。

真横にベッド上空まで滑り、柔らかく落下するまで、土和井看護師は声もなかった。

「ちょっと」

声をかけたとき、せつらはドアの方へと進んでいた。

「ねえ、これってひどくない？」

「糸が呼んでいる」

「え？」

「いつか」

そして出て行った。

ドアへ枕をぶつける気にもならず、ドアを見つめる妖艶《ようえん》な美女だけを残して。

凄いといえば凄いやり方であった。

せつらの出動は、巨人の依頼による件ではなかった。

別件で泳がせてある人物が別の動きを見せたのである。

〈落合《おちあい》二丁目〉の路上であった。

一〇分とかからぬうちに月光の下をやって来たせつらを見て、

「あーら、せっちゃん」

と住宅街の石壁を背にした見台《けんだい》の向こうから立ち上がった姿は、易者帽と炭色の易者《えきしや》服を身につけていた。

「――何のご用？」

うっとりとせつらを見つめる顔は、男だがどこか女々《めめ》しい。〈新宿〉の名物のひとり――〝おカマの信《まこと》〟こと篠崎《しのざき》信である。自ら〝マコちゃん百変化《ひやくへんげ》〟と広言《こうげん》し、昨日は料亭の板前だったかと思うと、今日は百科事典の営業、明日は地下劇場の黒々ショーに出演するという神出《しんしゆつ》鬼没《きぼつ》ぶりで、そっちの世界の超人気者だが、今日は易者ときた。ウキウキと、

「何の御用？」

「君の親から、そろそろ連れ帰ってくれと依頼を受けている。あちこちうろつき廻らないでもらいたい」

「何処へ行こうと、あたしの勝手でしょ。失礼しちゃうわね。今まで見張ってたわけ？」

「そ」

「それがどうして飛んで来たのよ？　易者しちゃいけないって法律ないでしょ？」

それはそのとおりだから、せつらが黙っていると、

「そうだ、せっかく来てくれたんだから、サービスしてあげる」

「え？」

「大丈夫よ。ソープ嬢してたのは、先週なんだから。運勢を見てあげる」

「はあ」

「手え出して、手」

悪巧《わるだく》みするような性格でないのはわかっているから、せつらが右手を出すと、でっかい天眼鏡《てんがんきょう》を近づけて、ふむふむと眉を寄せ、じきに離して、

「うーむ」

と唸《うな》った。

「何か？」

「当たるも八卦《はっけ》当たらぬも八卦」

と定番を口にしてから、

「でっかい人物が関係してるね」

「へえ」

せつらも内心驚いた。おカマの道楽だと思っていたのである。マコトは続けた。

「彼の他にもうひとりが関わってる。この二人のつながりは強いよ。ところが、片方は何とかそれを断とうとしているね」

「天職を見つけた？」


せつらは筮竹《ぜいちく》を不器用にじゃらじゃらやってるマコトに訊いた。

「ふふふ」

満更《まんざら》でもなさそうだ。

「しばらくここにいるのか？」

「うん。最低一週間は店出しているわよ。また来てね」

無言で背を向けたせつらへ、また筮竹をじゃらじゃらやって、

「もひとつサービス――でっかいのは、〈高田馬場〉にいるわよ」

ふり返って、

「ありがとう」

とせつらは言った。

「それだけえ？」

マコトが見台に手を置き、身を乗り出した。

「凄いサービスしたつもりよ。お礼にキスのひとつもしていく気はないの？」

マコトは唇を突き出した。

少しして眼を開けると、せつらはもういなかった。

「あん畜生《ちくしょう》」

と唸った彼は、眼を閉じている間に、せつらが投げキッスを与えて去ったことを知らないのであった。


〈高田馬場〉にいると言われても、すぐは捜しようがない。とりあえず、巨人——モンパルナスの動きを待つ手だった。あれくらいになると、食事を摂《と》っても通りを歩いても〝観光客〟が騒ぎ出すだろう。

バスを乗り継いで駅前に辿《たど》り着いたとき、事件がひとつ起こっていた。

駅の北側にある介護施設「輝光園《きこうえん》」を、飛翔生物——「ナイトゴーント」が襲ったのだ。

〈新宿〉の夜の空を根城にする肉食生物は、滅多《めった》に姿を見せないが、不意に群れをなし——編隊を組んで地上の生物を襲う。彼らの最も好むものは人肉で、時速三〇〇キロの急降下から拉致《らち》されると、人間は為《な》す術《すべ》もなく連れ去られてしまう。

今回はせつらが到着する三、四分前に襲撃があり、それが大群だったため、介護施設のある一角は、戦場と化していた。

あちこちから照明弾と銃弾が射ち上げられ、灰暗《かいあん》色《しょく》の翼と鉤爪《かぎづめ》を持つ生物も、たちまち何匹かが落とされたが、多くは施設の窓を破って侵入し、身動きできぬ要介護者を連れ去って行くのだった。

「これはこれは」

数百メートル前方の光景に美しい瞳が焦点を合わせるや、施設の上空を旋回中の妖物《ようぶつ》たちが寸瞬の間に二つになって黒血《こっけつ》の帯を引きつつ落ちて行った。

四階——最上階の窓から、翼のある影がとび出した。見舞い客らしい小さな——子供と思《おぼ》しい人影を下肢《かし》に摑んでいる。それが屋上をかすめようとした瞬間、忽然《こつぜん》と盛り上がった巨影が、クレーンのような腕で、誘拐者の翼を引っ摑んだ。

　ケオオという独特のおぞましい叫びを上げる途中で、そいつの首は簡単にねじ切られていた。汚《けが》らわしいもののように投げ捨てた巨影の反対側の手には、五、六歳の男の子がしっかりと握りしめられていた。

　それを屋上にそっと下ろすや、巨人は両手をふり廻した。出鱈目《でたらめ》のように見えて、充分狙いを定めたものの証拠に、違う方向から突っ込んで来た「ナイトゴーント」が四匹、背骨と頭部を粉砕《ふんさい》されてとび散った。

「モンパルナス」

　とせつらは英雄の名をつぶやいた。

　新たに十数匹が巨人に向かったが、肩や胸や背を鉤爪で傷つけるのが精一杯《せいいっぱい》で、逆にお返しとばかりにバラバラに引き裂かれてしまった。群れがとび去ったのは、その直後であった。

　歓声が上がり、数条の光が巨人を照らし出した。

「あんなのこの街にいたのかよ」

　人混みのひとりが眼を丸くして、別のひとりが、

「おい、ガッツ・ポーズを取ってるぜ。芝居っ気のある野郎だ」

「何にせよ、子供の生命を救ったんだ。〈区長〉から賞状が出るぜ」

〈新宿区〉は、市民に対する功労に報《むく》いる相手を選ばない。行きずりのホームレスだろうが、得体《えたい》の知れぬ妖体《ようたい》だろうが、〈区民〉を救えば区別も差別もなく顕彰《けんしょう》されるのだった。

〈区〉の救助隊が駆けつけたとき、子供以外の姿は屋上になかった。後の調査で、隣家の庭に桁外《けたはず》れの足跡が残っていると知れたが、救命の巨人は永遠に姿を消してしまったのであった。

　ひとりだけ、その行方を知っている者がいた。

　散り散りになる人々の中に、せつらは、見覚えのある顔を見つけたのだ。

　芽以戸の顔はひどく青ざめ、表情は虚ろだった。

自分の運命の悲惨さを見てしまったようだ。

　声をかけず、せつらは追跡を開始した。

　芽以戸が入ったのは、通りを二、三度折れた路地裏にある弾き語りパブであった。

　客たちも今の大活劇を見物に行ったらしく騒然とする中、芽以戸はさして広くない店内の中央に開かれたスペースへ入った。椅子がひとつあるきりだ。演奏の途中で店を出たらしく、彼が腰を下ろすと、店内は和《なご》やかなムードに変わった。

　ふたたびざわつきはじめたのは、演奏がはじまってすぐだった。

　せつらにも理由はわかった。

　音が死んでいるのだった。芽以戸の爪先《つめさき》が弾《はじ》き出す音は、ひとつ残らず抜《ぬ》け殻《がら》であった。せつらも知っている魂《たましい》も揺する響きは、さっき失われたのであった。

「どうしたのよ、芽以戸？」

　戸口に立つせつらの前——最後列の席から、こんな声が上がった。若い女である。

「出てく前とはまるで別人だぜ。あんな戦い——この街ならしょっ中だろ」

　声に含まれた思いは、みな同じらしかった。

　一曲目が終わるとすぐ、店内に椅子を引く音が広がった。みな立ち上がって、戸口の前で列を作った。

　せつら以外の客がいなくなるとすぐ、店長らしいエプロン姿の男がやって来て、芽以戸に封筒を押しつけた。

「今日は調子が出ないんだよな。さ、また来てくれや」

「いいや」

　芽以戸は、きっぱりと言った。

「おいおい」

「客はいる。ひとりだが。客がいる以上、おれは弾く」

「しかしねえ」

音が鳴った。「シ」音だ。店長はそれを怖れたように後じさった。

次はもう一度「シ」を。

三つ目は「ミ」。

そのたびに店長は後じさり、ぶつかった椅子を押しのけつつ、カウンターの奥に消えた。その頃には、芽以戸の指は、四小節ほどの調べを弾き出していた。

店内を細い光が走った。カウンターの端とせつらの位置をつないだそれは、店の構造上、対角線の一本を描き出していた。

店長の足下に小さな鉄の塊が落ちた。こめかみに当てた大型自動拳銃《デザート・イーグル》の撃鉄《ハンマー》であった。

店長は引金《トリガー》を引いた。撃鉄の残った部分が落ちても、四四マグナムの雷管は発火しなかった。

店長はその場にへたり込んだ。両眼から涙が溢《あふ》れていた。

「変わりすぎだよ」

とせつらが、溜息《ためいき》混じりに言った。

「客を追い出した後で、店長を死なずにはいられなくする音なんて」

第五章　陰陽の回転

1

曲が熄《や》んだ。

拍手が湧き上がった。せつらしかいない。

芽以戸が、はっとした様子で、カウンターの方を見た。

「無事。そのうち元に戻る——と思う」

「おれは——」

芽以戸は、誰もがその次を聞きたくなくなるような口調で言った。

「こうしなくちゃ気が触《ふ》れてしまうんです」

「そんなに、モンパルナスが怖い？」

「前にも言ったが——誰だ、それは？」

「僕が引き合わせる前に、会ってしまったね。君を捜《さが》し求める男と」

「莫迦《ばか》を言わないでください。おれは、そんな男、見たこともない。向こうの思い違いです」

「かもしれない」

「え？　いま何と？」

「向こうはあなたが女だと言う」

「裸になりましょうか？」

人間らしい声が戻りつつあった。

「会ってみよう」

「断わります」

間違いない、とせつらは踏んでいた。モンパルナスを見ただけで魂《たましい》まで奪われたふうになり、生命《いのち》がけの音楽さえ喪《うしな》った。そこから立ち直る契機は、死者の呪文《じゅもん》のような演奏であった。どんな関係なのか？

「ひとつ条件を出してもよろしい？」

とせつらは訊《き》いた。あまり使いたい手ではなかった。

「——何です？」

「左露麻さんが見つかったそうです」

芽以戸の両眼が限界まで剝《む》き出された。

全身から放たれる雰囲気が一瞬で変わった。絶望から歓喜へ。せつらもはじめて眼にする精神《こころ》の変貌《へんぼう》であった。

「——ど、何処《どこ》にいるんです？」

立ち上がってせつらの方へ歩き出し、コートの襟《えり》を摑《つか》んだ途端——うっと引っ込めた。指先から鮮血が滲《にじ》み出している。

「暴力反対」

せつらの眼には同情のかけらもない。

芽以戸はハンカチを指先に巻きつけ、

「教えてください——何処に？」

「まだ確証はない。それと——本当に女の子ですか？」

「勿論《もちろん》だ」

どう見ても嘘《うそ》はついていない。人格転移や性転換術など日常茶飯事《にちじょうさはんじ》の〈新宿〉だが、ここまで断言されると、こちらの間違いではないかと素直に思いたくなってしまう。

「ふーむ」

「男だというんなら、大間違いです。左露麻の愛らしさが、おれ以外の人間にわかってたまるもんですか」

「実は女性です」

せつらはぬけぬけと言明《げんめい》した。あながち嘘ではない。性転換術の可能性も捨てきれないからだ。

「じゃあ、やっぱり——すぐに連れて来てください」

「その前に、モンパルナス氏に会ってくれますか？」

少しは考えるかと思ったが、芽以戸はあっさり、

「わかりました。いつです？」

と即断した。とんでもない切り札をせつらは手にしたのだった。

「向こうと話し合い次第、連絡します」

芽以戸は何度もうなずき、せつらに握手を求めたが、あわてて引っ込めた。

彼は席へ戻り、ギターを抱《かか》えた。

「真っ赤な夜に咲く薔薇《ばら》」。ラテンの名曲だ。

外へ出ようとしたせつらの鼻先で、ドアが開いて、若いカップルが入って来た。

「あ、演奏《や》ってる」

イラスト付きTシャツを着た女のほうが、華やかな声を上げて、店の中央へ進んで行った。

ドアを閉めても、音は洩《も》れて来た。

通行人が足を止め、次々と店内へ消えて行くのを、せつらはぼんやりと見つめた。

一〇メートルほど進んでからふり向いた。

店の前には長い列が出来ていた。


翌日の昼近くに眼を醒《さ》ますと、携帯が鳴った。

ブラナガン特務だった。

「あ。生きてた」

「何とかな。全くとんでもない街だ」

スマホの向こうの声は、忌々《いまいま》しげに言った。デイジーを追う途中で、近くのビルが倒れ込んで来たのだ。せつらはつぶれたと思ったが、何とか生きていたらしい。

「残念」

「なに？」

「何でも——それで？」

「負傷した上、敵国の特務に狙《ねら》われている」

「一大事」

「何だ、他人事《ひとごと》みたいに。ま、そうだが——力を貸してくれ」

そういう話もあったな、と思った。

「オッケ」

「今、〈大久保《おおくぼ》二丁目〉の『エコー・レンタル・ルーム』にいる。411だ。だが、気をつけろ。敵も勘《かん》づいたようだ。殺人部隊がうろついてるかもしれん」

「はーい」

最後の件は聞こえなかったみたいな、のんびりとした返事であった。

目的地まではバスを乗り継いで三〇分ほどかかった。空をとぶ手も、タクシーという手もあるが、いちばん安上がりで時間もかかるのを選んだのは、どうでもいいと思ったか、案外、その間に死んでくれれば、二度と面倒なことは言って来ないな、と判断したのかもしれない。

「エコー」は商店街の外れにあった。隣はカラオケだ。

古い店らしく、受付には中年の係がいた。せつらが通りすぎると、

「どちらまで?」

訝《いぶか》しげに尋《たず》ね、せつらの顔を見た途端、棒立ちになった。

「411」

「誰か来たら、知らせろと?」

ブラナガン特務は、男に金を握らせておいたに違いない。

「あ、ああ……」

「よろしく」

せつらはエレベーターの前に立った。

マークは3を灯《とも》している。

ドアが開くと、二人の男が、降りて来た。スーツにネクタイ、パソコン・ケース姿は会議が終わったリーマンに見えた。

横にのいたせつらが入ろうとすると、二人は左右に寄って、ケースの角をせつらの腰に押しつけた。

「レーザーガンだ。このまま四階へ行け」

と右側の男が言った。

「はーい」

エレベーターが動き出すと、せつらのコートのポケットにスマホ・サイズの物体を入れて、

「奴《やつ》の部屋へ入っても普通に会話しろ。おれたちのことをしゃべったりしたら、それを爆発させるぞ。盗聴器付きだ。油断した奴を片づけたら、おまえは逃がしてやる」

「本当は、入った途端にドカン」

「安心しろ。生命は保証する」

「どーもー」

エレベーターを降りると眼の前に案内図のパネルがあった。左へ真っすぐだ。男たちは廊下の端でケースの狙いをつけている。

４１１のドアの前で、せつらはチャイムを鳴らした。返事はない。

「秋」

と名乗ると、

「おかしな奴らはいないか？」

「うん」

ドアが開くと、せつらはさっさと滑《すべ》り込んだ。ブラナガン特務は左手で椅子《いす》を示した。右腕は下げっぱなしだ。

「折れてる？」

とせつら。

「ああ。きれいにな。だが、この街は凄《すご》い。近くのちっぽけな病院へとび込んだら、性病科なのに、たちまち手当てをしてくれた。半日動かさなければ完治するそうだ」

ブラナガンは、ぎょっとしたように戸口を見た。二人の男が入って来たのである。ケースはせつらに向けたときのままだ。

「おまえ!?」

凄《すさ》まじい怒りの形相《ぎょうそう》が、せつらへ向いた途端に崩れた。男たちも入って来たきり動かない。

「縛《しば》ってある」

とせつらは言った。

「なに!?」

「自分じゃ動けない。尋問したいでしょ？」

恍惚呆然《こうこつぼうぜん》たる顔が、二人を向いて、

「ギリシャ諜報局のアウロスとヌキタ一級諜報員だな？　顔は割れてるんだ。あと何人いる？」

男たちはあらゆる感情を消失した顔立ちのままである。

「答えろ」

せつらが言った。少しの恫喝《どうかつ》もない口調なのに、アウロスと呼ばれたほうが、

「二人……だ」

紙みたいな声で言った。

「おまえらと同じ階級か？」

「いや、特命行動課だ。どんな相手も始末するための部署だ」

「こいつは驚いたな」

ブラナガン特務が驚きの声を上げた。

「諜報局の連中が、こうまでペラペラ口を割るとはな。おい、あの糸か？」

「早く」

とせつらは促《うなが》した。早いところ切り上げて、巨人を捜しに行きたいのだ。

「そいつらのアジトは？」

「今は外だ。おまえを捜している」

「なら、近くにいるな？　よし、ここへ呼べ」

「わかった」

固まっていた右腕が急にこわばりを失い、内ポケットから、細長い超短波通信機を取り出した。

「おい——幾《いく》ら何でも、ここまで素直になるとは——ちょっと待て」

と男を止めて、せつらへ、

「何をやったんだ？」

「縛っただけ」

「まさか」

「世間知らず」

これ以上の言い合いは無意味だとブラナガンは悟《さと》った。相手は普通の人間ではないのだ。通信機を手にした男へ、

「おい、続けろ。そいつらもここへ呼ぶんだ」

と命じた。

アウロスがキイをひとつ押してから耳に当て、

「アウロスだ。今どこだ？　——〈大久保二丁目〉の『エコー・レンタル・ルーム』の４１１へ来い。

奴もいる」

　と言って切った。

「何処にいる？」

　とブラナガン。

「駅の近くだ。ここまで歩いて七、八分」

「その二人のことは？」

　とせつらがブラナガンに訊いた。

「知らん。だが、特命行動課は殺しのプロの集まりだ。人間以外の存在も想定して訓練を行なっている」

「ほう、化物《ばけもの》もＯＫ」

　せつらは茫洋《ぼうよう》と言った。面白がっているふうなのを感じ取り、ブラナガンは、理由もなくぞっとした。

　アウロスからの連絡を受けたのは、特命行動課のルカ・ハウナバであった。連絡を終えると、

「アウロスから連絡だ。二丁目のレンタル・ルームでブラナガンと一緒にいる。ヌキタも一緒だが——捕らわれの身だ」

　通信機の電源スイッチをある程度以上に長押しすると送られる情報であった。

「ブラナガンにか？」

　相棒のタスリキ・ドドレが険《けわ》しい眼差《まなざ》しになった。どちらも迷彩色のアーミー・ルックに身を包んでいる。背中のバックパックには、携帯食料やテント、組立て式キャリヤー・カー等の他に、レーザー・ガンのエネルギー・パック、三・六ミリ徹甲弾《てっこうだん》六〇発入りの弾倉《マガジン》、プラスチック爆弾、ミサイル・ランチャー、手榴弾《しゅりゅうだん》等物騒《ぶっそう》な品が収まっているのを、すれ違う人々は知らない。会話はギリシャ語だ。

「どうやる？」

「ブラナガンがいるのは間違いない。あいつらも覚悟は出来てるはずだ。向こうの罠《わな》に入ってチマチマ射《う》ち合っても何の得もない」

「外から片づけるか?」

ドドレが愉《たの》しそうに訊いた。公《おおやけ》にはしていないが、殺人嗜好《しこう》症の血が流れているのは、仲間の誰もが知っている。それでもアテネには妻と二人の子供がいる。

「ああ〝ハミング・バード〟を使おう。あれなら一発だ」

「その前に、おれに行かせてくれ」

舌なめずりするドドレを、ハウナバはおぞましさを隠さずに見つめた。

「またバラバラ事件を起こしたいのか?」

苦い声の問いに、

「そうさ。あの二人が、いくらブラナガンでもああも簡単に捕まるとは思えねえ。まだ名前も知らないブラナガンの相棒のしわざに決まってる。おれはそいつとサシで闘《や》り合いたいんだ」

「任務に趣味を入れるな」

「奴らを吹っとばす用意をしてからならよかろう。いざとなったら、おれも一緒に処分しろ」

2

「おい」

制止しようとするハウナバの左頬《ほお》を白い光がかすめた。それは彼の背後で弧を描くや、ドドレの後ろ襟の中に消えた。

ハウナバが左手を当てがう前に、一〇センチほどの紅《あか》いすじが走るや、太い帯と化して流れ下ったのである。

ハウナバはそれを紺色のハンカチで拭《ぬぐ》った。布に薬品でも沁《し》み込ませてあるのか、血も裂傷も消失した。

「それほど闘《や》りたきゃやってみろ。ただし、入ってから五分しか待たん。一秒でも過ぎたら」

「ドカンか。いいねえ」

別人のような笑顔になって、ドドレは走って来たタクシーを止めた。

「後で会おうぜ」

そう言ってドアを閉めた。

舌打ちをひとつして、ハウナバはアーミー・コートの前を開いた。

内側を奇妙な形が埋めていた。どれも折り畳まれたメカニズムだとわかる。

そのうちひとつを手に取って、彼は周囲に人がいないビルの間に入って、それを頭上へ放った。

三メートルほど上空で、それは虫のような形状を整え、四方へのばした脚部の端の円筒から、地上へと青い炎を噴射して上昇、さらに円筒を後方へ向けるや、ドローンとは思えぬ猛スピードである方向へとび去った。

「おっさん――面白いものを持ってるねえ」

背後から声がかかった。路地ともいえぬビルとビルとの隙間《すきま》である。その奥に潜《ひそ》んでいる奴が、まともな訳がない。

はたして、近づいて来たのは、両肩剝き出しの革ベストとパンツ――首にも手にもチェーンを巻きつけた、モヒカン刈りの二人組であった。とどめとばかり、凶暴丸出しの有刺鉄線を巻きつけ、鉄釘《くぎ》を逆に打ち込んだバットをぶら下げている。よくいるチンピラだが、闘争となれば、それなりに厄介《やっかい》だ。麻薬でも服用していれば、マグナム・ガンを持った警官でも頭を粉砕されかねない。

「バイバイ」

ハウナバはさっさと通りへ出ようと歩き出した。

はっ、と小さな気合が跳《は》ねるや、頭上を越えた人影が、ハウナバの前方二メートルのところへ、音もなく降り立った。

チンピラはにんまりと唇を歪《ゆが》めた。濁った眼は明らかに中毒者《ジャンキー》だと伝えていた。

「おれたちに会っちまったらよ、そう簡単にバイバイできねえんだよ」

と前方のチンピラは言った。

「持ってるオモチャと財布とカードをみーんな出せ。生命は助けてやる」

「それは助かるなあ」

怯《おび》えのかけらもない外国人の返事にも、チンピラたちは不安を感じなかった。麻薬の効果は充分だったのだ。怒りが取って替わった。

「助かるだあ？　舐《な》めんなよ、この親父《おやじ》！」

後ろのチンピラが打ちかかって来た。バットは届かなかった。彼の頭頂部から垂直に脳内へ侵入したニードル・ミサイルが、頭皮一枚残してグズグズの血肉汁に変えてしまったのだ。爆発の衝撃波は耳と鼻孔《びこう》から噴出した。

それでも前方のチンピラの脳を支配する麻薬は恐怖を感じさせなかった。

「ふざけた真似《まね》しやがって。ぶん殴《なぐ》ってやる」

ハウナバはチンピラの頭上へ眼をやった。

つられて見上げた瞳は、上空で青い炎を吐く円盤状の物体を見た。

「なんだ、こりゃ？　いつ打ち上げた？」

とつぶやいたのが、最後の言葉になった。

鼻孔から噴《ふ》き出る脳漿《のうしょう》を避けて、ハウナバは路地の反対側へ小走りに進み出していた。裏は小さな広場になっていた。ビール缶や木箱が並んでいる。

左手の通路へ進もうとして、向きを変えたとき、ハウナバはコートの胸もとに貼りついた肉片に気づいた。

舌打ちひとつ。ハンカチで払い落として前を見た。革ジャンを着た半ズボンの男の子がやって来る。

無邪気な笑みにも、ハウナバの緊張は解けなかった。子供がやって来る場所ではないのだ。

彼は顔を上向けた。胃の中に収めてある超小型ドローンの一機が、人目にはつかぬ速度で口腔《こうくう》から飛び立ち、上昇し、地上五メートルで男の子の頭上に停止した。

「おじちゃん、何処の人？」

男の子が足を止めて訊いた。

可愛《かわい》らしい声であった。

「ギリシャだよ」

流暢《りゅうちょう》な日本語で応じた。

「ボクねえ、お腹空《なかす》いちゃったんだ」

「そうかい。困ったな」

ハウナバは全身の力を抜いて、少年の動きに備えた。

「お腹空いた」

また近づいて来た。

「そうかい、何を食べたい」

「おじちゃん」

そう叫んだ顔も身体も異様な変化を遂げた。両手を広げて抱きついて来たのは、少年ではなかった。

鉤爪《かぎづめ》がハウナバの背中に食い込む前に、針《ニードル》のように細長いミサイルが、少年の頭皮と頭蓋《ずがい》を突き破って脳内に小さな爆発を起こした。

チャイムの音がする前に、せつらは訪問者に気づいていた。「エコー」の周囲に張り巡らせた妖糸《ようし》によれば、
身長　一七九センチ
体重　七〇キロ
胸囲　一〇〇センチ
腕廻り　九〇センチ
全身に三角形の金属片を携帯、刃物である。
「誰だ？」
ヌキタがインターフォンに訊いた。平穏な声である。ブラナガンに命じられているのだ。ドアのそばに立っているのは、せつらの糸の力である。世にも美しい若者に逆らったら、何のためらいもなく首を落とされる。
「ドドレだ」
ヌキタは鍵を外して、ドアノブを摑んだ。
このとき、せつらは二人のギリシャ人を床に伏せ

させたのである。半ばまで沈めた上半身を数条の光が貫《つらぬ》いた。光はせつらの顔と胸の前でさらに二すじに分かれて床に食い込んだ。

同時に戸口のこちらと向こうで呻《うめ》きがとび散り、せつらの指先から糸の感覚が消滅した。

切られたと意識しながら、せつらは椅子から立って、ブラナガンに近づいた。

仰向《あおむ》けに倒れた右胸から血が滲んでいる。

せつらの方へ顔を向け、何か言おうとした唇から、血塊《けっかい》がとんだ。

「肺をやられた」

と嗄《かす》れ声で言った。

「抜けた?」

「ああ」

外から壁を貫通した武器のことである。

せつらは、かけていた椅子の足下へ眼をやった。

三角形の金属片がめり込んでいる。

「外の奴はどうした?」

「逃げた」

金属片で妖糸を断ったのだろう。恐るべき武器であり手練《しゅれん》といえた。二人のギリシャ人は心臓と頸動《けいどう》脈《みゃく》をやられてこと切れている。

「とりあえず」

せつらは、「強化剤」を使うことにした。カプセルもあるが、嚥下《えんげ》は困難だ。直径二ミリほどの無痛注射器を選んだ。静脈へ刺す。鎮痛解熱止血は勿論、細胞レベルでの活性化も担当する薬液は、ブラナガンの吐血を停止させた。みるみる血色も呼吸も正常に戻る。ただし効果は一〇分間で切れる。

「どうやって出る?」

ブラナガンが眉を寄せた。死人が二人も出て、外では非常警報が鳴っている。警察が駆けつけるのも時間の問題だ。

「正面から」

とせつらは応じた。

「なにイ?」

「病院へ急ぐ。おまえは一〇分しか保《も》たない」

「しかし――」

もうブラナガンを無視して、せつらはドアを開けた。

ブラナガンは眼を剝いた。

円盤状のドローンがドアの前に滞空しているではないか。もうひとりの特命行動課員の操る殺人マシンだと、二人は知る由《よし》もなかった。

ブラナガンが床に伏せつつ、

「掃討用ドローンだ。伏せろ！」

と叫んだ。

ふた呼吸ほど置いて、見上げた。

せつらはメカニズムを覗《のぞ》き込んでいる。あまりにも予想を外れた平和な光景に、ブラナガンは、のこのこ起き上がって、

「何してる?」

と訊いた。

「ちょっとＡＩチェック」

「おい」

チェックといっても見ているだけではないか。

「よし」

せつらは軽く殺人マシンの頭部を叩《たた》いた。それは向きを変え、青白い炎を吐きつつ玄関の方へ吹っとんでいった。

せつらも足早に、警報の中を進む。その眼の前に黒いシャッターが下りた。

ブラナガンが、どうする、と思いながら見つめると、せつらは天井を見上げて、

「後で清算する。よろしく」

と言った。

一秒と置かずにシャッターは上がった。警報も熄んだ。

「どーも」

とせつらは礼だか何だかを口にし、真っすぐレジまで行くと、キイ・ボックスにキイを戻し、同じメカのチャージング・スリットにカードを入れ、出て

来たのを受け取ると、外へ出た。

遠くでパトカーのサイレンが聞こえた。

そちらと別の道を行く美しい背中へ、

「おい、ひょっとして、店の監視カメラと話をつけたのか？」

とブラナガンは声をかけた。

「だが、あの監視カメラのコントロールは人間じゃなくＡＩだ。それをどうやって説得した？」

せつらは軽く片頬を叩いた。

「――まさか……ＡＩを……顔で……まさか……いや、わかる……あんたなら……メカだってうっとりする……しかし……なんてことを……」

「あと五分――〈メフィスト病院〉まで、ぎりぎりの距離だ」

せつらは足を早めた。


ブラナガンを預けてから、せつらはバスを乗り継いで、〈新大久保駅〉前に到着した。

ビルとビルの間の路地に立ち入り禁止テープが張られ、警官が通行人を睨《にら》んでいた。ギリシャ人諜報員ドドレのドローンは二〇メートルばかり上空に滞空中である。

せつらは〝探《さぐ》り糸〟を走らせた。

スマホを取り出し、ドローンの偵察カメラの画像をつないだ。

通路のほぼ中央に、血の海が出来ていた。この量では死亡間違いなしだが、死体はなかった。

せつらは警官に近づき、

「死体はどうしました？」

身も蓋《ふた》もない問いを放った。

本来なら、そっぽを向かれるか、何だ君は？　と問い詰められる。だが、せつらの顔を正面から見た警官は、

「最初からなかった」

と言った。もうひとりが、おいと声をかけてからせつらを見た。何も言わなくなった。

小さな路地前での、せつらの魔法だった。

「通行人から連絡を受けて、自分たちが駆けつけたときはもう、今のとおりの現場だった。じきに鑑識が来る」

「目撃者は？」

「いない。発見者も通りかかっただけだ。鑑識の連中も血溜《ちだ》まり以外は見つけられなかったそうだ」

「すると、丸ごとぺろり」

「え？」

「いや、何でも」

せつらは通りを〈新宿駅〉方面へ二〇メートルばかり進んでから、足を止めた。

道端に〝熊使い〟がへたり込んでいる。ヴィクトリア時代のロンドンにもいた、熊の芸を見せる大道芸人である。〈新宿〉には他に大蛇《アナコンダ》や大鰐《おおわに》、ゴリラ等が定番だ。

せつらの足を止めたものは、飼い主のみならず、熊のしおたれぶりであった。獣の迫力も精気もない。まるで剝製《はくせい》だ。首輪や爪輪や鎖がなくても安全だとしか見えない。この国最凶の陸上動物が魂《たましい》を失った理由はひとつ——さらに凄まじい凶存在に遭遇してしまったのだ。

「失礼」

とせつらは飼い主に話しかけた。返事はない。

「おい」

またかけた。相手は熊であった。こちらも無言でだらしなく開いた両脚の間に舌と首を垂らしている。

「駄目だ、こりゃ」

と洩らしたとき、

「邪魔だ。あっちへ行け」

と飼い主が言った。肩に持たせたエレキ・ギターが少し動いた。

「でかい奴と会った？」

こう訊いた途端に、飼い主は顔を上げ、恍惚と溶けた。

「熊さんも彼を見た。それで芯まで怯えてしまった」

「あんた……あいつの……仲間か?」

「捜してる」

「――行く先なんか知らねえよ。急に現われて急に消えちまった」

「そんなに怖かった?」

「もうこいつは使い物にならねえ」

飼い主はダウンした熊の首すじを撫《な》でた。

「これでも、北海道の熊牧場で、手に負えず射殺されるところだったんだぜ。それが、自分と同じくらいの人間をひと目見ただけですくんじまいやがった。何でえ、あいつは?」

「ひとりじゃないんだ」

「あー?」

ぽかんと口を開ける飼い主に背を向け、せつらは頭上を見た。

ドローンが止まっている。

「行け」

届きっこない小さな声に送られて、もとの所有者へ急ぐようセットアップされたメカニズムは、猛スピードで姿を消してしまった。

3

小柄な身体が〈荒木町《あらきちょう》〉の〈津《つ》の守弁財天《かみべんざいてん》〉近くを歩いていた。

徳川家康《とくがわいえやす》が乗馬の策《むち》を洗ったことから、〈策《むち》の池《いけ》〉と呼ばれた池は、戦後規模を縮小しながらも〈津の守弁財天〉内に生き延びていたが、〈魔震《デビル・クエイク》〉が近隣の土地や建物を崩壊させた結果、大滝を擁《よう》していた過去のパノラマを甦《よみがえ》らせていた。

〈荒木町〉自体は、「関東大震災」によって破壊された花街が逃げ場を求めた結果、料理屋一二軒、待合六三軒、置屋八六軒を数え、二五〇余名の芸妓《げいぎ》を擁していたという。〈魔震〉後も残存する店々に過去の花街の匂いを求めて訪れる人々は多い。

　他の街とは異なり、〈魔震〉の被害は比較的少なく、無害に近い〈第五級危険地帯《フィフス・デンジャラス・ゾーン》〉のみが四カ所存在し、安全な昼間は、子供たちの遊び場と化している。

　そこへ入る寸前、

「お嬢ちゃん――ここにいるのかね？」

と穏やかな声がかかった。

　声に合った温和な顔立ちの老人であった。相手は六、七歳と思《おぼ》しい美少女だ。仕立てのいいシルクのブラウスと、膝丈《ひざたけ》のスカートをはいている。

　ちら、と一瞥《いちべつ》を与えて、少女は、歩みを続けようとした。

　その鼻にある匂いが侵入したのである。それは老人の突き出した左手の上に載った、小さな金の香炉《こうろ》から漂ってくるのだった。

「何の匂いがする？」

と老人は訊いた。

「この香は、嗅《か》いだ人間の好みに合わせて香りを変える。花の香りかね？　潮《しお》の匂いかね？　それとも血の臭い？　或いは腐敗臭？」

「ううん」

　少女は足を止めて首をふった。

「私の大好きな――血だらけの生肉？」

　老人の眼を冷光が煌《きら》めいた。

「はっきりしたお嬢ちゃんだねえ。お爺《じい》ちゃんは、そういう子が好きさ。その匂いがするものを、お腹いっぱい食べてみたくないかね？」

「いまいっぱい」

と少女は答えた。

「ほお、何処で食べてきたんだね」

「〈大久保〉よ」

「そうかい。でも、じきにお腹は減ってくるよ」

　少女の白い貌《かお》に微笑が広がった。

「あら――本当。お腹が空いてきたわ」

「この匂いを嗅げば、大丈夫。さ、お爺ちゃんと行こう。腹いっぱい食べさせてあげるよ」

「本当？」

「勿論さ」

「じゃあ、行く」

少女は片手をのばして、老人の空いている手を摑んだ。

「お嬢ちゃん、パパとママは？」

「いないよ」

「そうかい、それはいい」

「どうして？」

「何でもない。お名前は？」

「お爺ちゃんのほうから」

「ハイドパイパー」

少女は首を傾《かし》げて、

「面白い名前ね」

「その筋では有名さ」

「私は左露麻よ」

「そうかい、可愛らしい名前だね。きっと高く売れ
——いや、みんな喜ぶよ」

「みんなって？」

「すぐわかるさ——行こう」

夕暮れが青紫の色を空気に刷《は》きはじめた空の下を、二人は歩き出した。

何も知らない。

少女も。

老人も。

そして、何かを知ったとき、恐怖に発狂するのはどちらなのか。

廃墟《はいきょ》の前の通りを二度折れた商店街の片隅に、三階建てのビルが二人を待っていた。古いがかなり広い。

ハイドパイパー老人は、左露麻をエレベーターに乗せて地下一階へ降りた。

一〇〇人近い入場者もOKの広い部屋はホールを思わせたが、内部は全く別であった。

ベルト付きの手術台が一〇台以上並び、左右の壁は薬品棚やエアクリーナー、自家用発電機で埋め尽くされている。

「ここで何をするの？」

左露麻が四方を見廻しながら訊いた。怯えたふうがないのが、ハイドパイパーに違和感を抱《いだ》かせた。

「お嬢ちゃんに少し変わって欲《ほ》しいんだよ」

手術台に近づいても、左露麻は抵抗も不安も示さなかった。

「実はね、お嬢ちゃんみたいな可愛らしい子を欲しがってる人たちが沢山《たくさん》いるんだよ」

白髪頭の老人は諭《さと》すように言った。

「お爺ちゃんは、そんな人たちに頼まれて、お嬢ちゃんたちを、彼らの下へ届ける仕事をしているんだ」

「へえ。高く売れるの？」

ハイドパイパーは沈黙した。ぞっとしたのである。この小娘は、いったい何者なんだ。


固い声で、そうだと答え、彼は左露麻の胸に手を当てて、手術台に乗せた。

「でも、その人たちにも好みがある。今のところお嬢ちゃんみたいな年齢の子を欲しがってる人たちはいないんだ。だから、ここで少し改造させてもらいたい」

「改造って？」

と尋ねる顔と声の愛らしさに老人は思わず胸を押さえた。

「もう少し手足を長くして、髪の毛は金髪に変えるんだ」

「やだあ、そんなの。帰る」

左露麻は柳眉《りゅうび》をひそめて台から跳《と》び下りた。

その肩を老人の手が摑んだ。

「嫌でも、もう間に合わないんだよ、ここへ来てしまったからね。出入口には仕掛けがしてあって、誰も入れやしないんだ」

温和な老人の顔は魔性が憑《つ》いたように変わってい

た。本性の露顕《ろけん》であった。

出入口の前で、せつらは立ち止まった。シャッターが下りている。

その表面がせつらが通り抜けられる広さにあっという間に切り裂かれるまで三秒とかからなかった。

「ん？」

せつらは眉を寄せた。

いま入って来た通りの光景が広がっている。入ったつもりが出てしまったのか。

「〝鏡呪法〟か」

とつぶやいた。妖力のかかった鏡を使って、人間の方向感覚をねじ曲げてしまう法術だ。穴の開いたシャッターはそのままあるが、何度くぐっても同じ結果になるだけだ。

「うーむ」

と唸《うな》った。唸ったが、悩んでいるふうにはちっとも見えない。だが、その足の下では、いたいけな少女に、人買いの毒牙《どくが》が迫っているのであった。


「やだってば」

老人の手の中で左露麻はもがいた。

「諦《あきら》めなさい」

老人は優しく言って、小柄な身体を、手術台に乗せ直した。それまでは確かに、少女の身体だったのだ。重さだって。

どおん、と部屋中に響き渡る音を立てて、手術台はつぶれた。

「なにイ⁉」

老人――ハイドパイパーの眼球がとび出しかけたのは当然だ。

二〇キロ足らずの女の子は、その瞬間、五〇〇キロの巨人に変化《へんげ》してしまったのだ。

左露麻は素早く立ち上がって、

「またね」

と歩き出した。

一歩ごとに天井まで揺れ、コンクリートの床に足跡がついた。左露麻のものではあり得ない深さ五センチもある足跡であった。

「お、おまえは⁉」

叫ぶハイドパイパーの身体が、頭部から銀色に染まっていった。簡易戦闘服《コンバット・スーツ》――三ミリの装甲ながら、一〇〇馬力のパワーを弾《はじ》き出す米軍の装備を、老人は身につけていたのだ。

「あら、私と闘《や》るの？　やめたほうが身のためよ」

左露麻は優しく言った。

「この餓鬼《がき》」

老人が突進した。少女に何かが憑いているのはわかっていた。何にせよ、一〇〇馬力のパワーなら屈服させせられるはずであった。

右フックを少女は避けなかった。

粘土の塊《かたまり》を叩いたような手応《てごた》えが伝わって来た。

続く左フックも同じだ。命中しているのは間違いない。だが、左露麻の顔は歪みもしなかった。何かが守っているのだ。

蹴った。

猛烈な効果を右の爪先《つまさき》から背中まで伝えつつ、少女は吹っとんだ。

戸口近い石壁は、少女を中心に直径三メートルもの凹《くぼ》みを作った。

人間なら原型もとどめぬまでにつぶれている。

ひょい、と左露麻が身を起こした。

「甘い甘い」

と笑ったのは、天使だった。

遠くで爆発音が聞こえた。

跳躍したハイドパイパーを、三メートルの高みで凄まじいエネルギーが捉《とら》えた。爆発より爆撃に近い。

天井の隅に激突したハイドパイパーの全身を青白い電磁波が覆《おお》った。完全な機能不全だった。床へ落ち、こちらへ手をのばした身体はすぐに床へ伏せ

た。

「だから、よせって言ったでしょっ」

美少女が、ふくれっ面《つら》を向けた。

その身体が不意に空中へ躍《おど》った。床へ落ちたハイドパイパーの右手の五指が、青白い炎を噴きつつ追尾《ついび》する。誘導ミサイルも備えているのだ。

ギリギリまで上昇し、左露麻は身をひねった。

ミサイルは冷たく天井に吸い込まれ、炎の塊をこしらえた。

着地した少女の頭上へ、数トン級のコンクリート塊が落ちて来た。

別のものが続いた。椅子と人間だった。上のスペースに集まっていた客たちであった。イベントが催《もよお》されたらしい。

このとき、きれいに切りぬかれたドアをくぐって現れた人影が、

「これは奇遇《きぐう》」

とつぶやいた。

下敷きにこそならなかったものの、コンクリ塊の上に落ちて苦鳴を放つ人々の中に、彼はギターを摑んだ芽以戸の姿を目撃したのである。

床とコンクリ塊の上を雲上のごとく数歩で飛翔《ひしょう》し、せつらは彼のかたわらに立った。芽以戸の顔は血にまみれていた。

「あんたか⁉」

とせつらを見て、すぐせつらと同じ方を向いた。

巨大な影が立ち上がろうとしていた。

分厚い外套《がいとう》の左脇腹は炎を噴いていた。ミサイルを食らったのだ。

「あれは――あれは――」

呻き声、泣き声、怒号の渦の中でも、芽以戸の声は、はっきりと聞こえた。

「あれがあなたの恋人です」

とせつらが言った。

「違う――」

と芽以戸が嗄れ声で言った。

巨体がこちらを見た。

黄色い瞳が、二つの顔を映し――すぐにそっぽを向いた。

「違ったか」

とせつらが言った。巨人は、はっきりと芽以戸が求める女――左露麻ではないと示したのだ。いや、その前に、せつらはデイジーとも会っている。違っているのは当たり前なのに、このひとことは何の意味があるのだろう。

「それでは、これで」

せつらは宙に舞うや、立ち上がった巨人――モンパルナスの前に着地した。

「左露麻は何処？」

と訊いた。

「おれの……内部《なか》だ」

とモンパルナスは苦しげに言葉を吐いた。

「では――。別れさせないと」

「ああ……そうして……くれ……こいつは……怪物だ」

「今は眠ってる？」

「ああ。ミサイルを食らったときに引っ込んだ」

「では――」

「何処へ行く？」

「〈メフィスト病院〉へ」

「駄目よ」

と後ろから声がした。

その声だけで、せつらはあれ？　と洩らした。

ふり向くまでもなく、そこにいる美女は、〈たそがれ医院〉の妖艶《ようえん》なる看護師――土和井翔子であった。

第六章　怪物哀歌《モンスター・エレジー》

1

「こんにちは」

どう考えても、ここで出るはずがない挨拶《あいさつ》をせつらはした。

呆気《あっけ》にとられた妖艶《ようえん》な美貌《びぼう》が、一瞬、無邪気な笑顔を作った。

「こんばんは」

せつらとモンパルナスへ正しいのを返してから、

「彼はうちの患者《クランケ》よ。ドクター・ランケンが治療します」

「そりゃ、いいけど、入れるの？」

「出られたんだから大丈夫」

こちらも色っぽいくせに、いい加減としか響かぬ返事をする。

「いつ？」

「明日の晩、八時」

「それまで、彼を捕まえとかないと」

「隠《かく》れ家《が》がある」

モンパルナスが苦しげに言った。


月が出ている。それだけで地上は明るい。そんな月であった。

〈荒木町〉の廃墟《はいきょ》——少女・左露麻が向かっていた場所に三人はいた。

元はビルらしく、三方を高いコンクリート壁に囲まれ、しゃがめばモンパルナスも目立たない。

「出て来ます？」

せつらが訊《き》いた。

「まだだと思うが……わからん」

モンパルナスの体内に共存する左露麻のことである。

「あれは恐ろしい奴《やつ》だ。この世に放置しておいてはならない。おれごと——処分しろ」

訥々《とつとつ》とした口調は、せつらなどより遥《はる》かに実直と悲痛に満ちていた。すぐにこうつけ加えた。

「――おれが、デイジーに会ってから、な」

せつらを見て、

「いつ会える？」

「じきに」

「本当か⁉」

「山ほど」

「明日か、明後日《あさって》か？」

「せっかちですか？」

「そうとも」

モンパルナスは足下のコンクリ塊《かい》を両手で摑《つか》み上げた。

「おれはデイジーに会うために、どんな苦しみにも耐えてきた。舌を抜かれ、眼球を焼かれ、体内に人《ひと》喰《く》い蟻《あり》をぶちまけられても耐え抜いてきたんだ。なのに何故《なぜ》か、おれが近づくとあいつは去《い》ってしまうんだ。デイジーが自分の意思でやってることだと言うが、何かが邪魔してる。おれの話を聞いた奴は、おれにはわかっている。あんたもわかるかい？」

せつらは沈黙していた。

「長いこと考え、本も読んでわかった。――運命だよ。おれとデイジーはなかなか会えねえ星の下に生まれているんだ。試練という奴よ。だが、そんなもんでおれたちの絆《きずな》は途切れたりしねえ。いくらいなくなっても、デイジーの行方はちゃあんとわかるんだ。現にこの街まで来たろ。何となくわかる。離れ離れはこれでお終《しま》いだってな。おれの内部《なか》の化物《ばけもの》は最後の試練だ。これさえ片づければ、おれとデイジーはひとつになれる。それで幸せな日々を送れるんだ」

「よかったよかった」

とせつら。

「ありがとう」

巨人は、せつらの肩に手を乗せた。

心底《しんそこ》からの感激の表現なのは疑いようもなかった。

「あんたに頼んでよかった。心から礼を言わせてもらう」

「いや、まだ見つけてないから」

「だけど、じきなんだろ？」

「それは勿論《もちろん》」

「なら、大丈夫だ。早いとこ、こいつを処分しちまおう」

巨大な拳《こぶし》が岩のような胸を叩《たた》いた。

それまで黙っていた土和井看護師が鋭い眼つきになって、

「ねえ、ここ〈第五級危険地帯《フィフス・デンジャラス・ゾーン》〉よね？」

「わかってる」

とせつら。

「野犬だね」

「私たち目当て？」

「そう。けど、この辺に出て来るのは珍しい」

「奴のせいだ」

巨人の声がきしんだ。


「どういうこと？」

「奴は飢《う》えはじめた。で、餌《えさ》を……」

モンパルナスの声が途切れた。代わりに、ぬうと立ち上がった巨体からは、別人のような鬼気《きき》が立ち上っていた。

「離れろ」

巨人は苦しげに言った。何かに邪魔されているような、口調であった。

土和井看護師がせつらの背後へ移動したところへ、黒い影が二つとびかかって来た。

空中で、ぎゃんと叫んで二つに裂ける。

「邪魔を——するな」

モンパルナスが四方を見廻《みまわ》した。

その全身に四つの獣影《じゅうえい》が付着した。

獣たちは呼吸音の他に音をたてなかった。〈新宿〉の野犬は〈魔震《デビル・クエイク》〉によって破壊された遺伝子工学研究所から流出した遺伝子が形を整えたものだが、その凶暴さは他に類を見ない。重武装下の〈機動警察《コマンド・ポリス》〉でさえ、数頭に襲われ死亡した例もあるのだ。

防弾ベストも貫く牙を四カ所に打ち込まれつつ、モンパルナスは攻勢に出た。

背後から左肩すじに咬《か》みついた一頭の首を肩越しに掴むや、頸骨《けいこつ》まで握りつぶし、その頭部にかぶりついた。

「へえ」

とせつらが感心した。

三頭をまとわりつかせたまま、モンパルナスは、獣を食らいはじめた。骨を咬み砕《くだ》く音が生々しい。

胴体の半《なか》ばまで食い尽くすと、左右の胸にたかった二頭を引き離し、頭部を打ち合わせて頭蓋骨を粉《ふん》砕《さい》した。

四頭目は跳《と》びのいた。

首を食い尽くした一頭を、そいつに叩きつけて動かなくしてから、近づいて頭部を踏み砕いた。

「餌は逃がさないつもりね」

土和井看護師が無表情になった。

「食べたら大人しくなるかな?」

「空腹を満たすだけならね」

二人の見つめる前で、四頭の獣は丸ごとモンパルナスの体内に消えた。

「逃亡の準備を」

せつらが声をかけたとき、血まみれの口元がせつらを向いた。眼が光を放っている。凶光だ。

「来るぞ」

「任《まか》せるわ」

緊張した美女の前に立つと、せつらはこちらへ踏み出したモンパルナスへ、

「ご馳走《ちそう》様?」

と訊いた。

モンパルナスが不意を衝《つ》かれたように立ち止まり、土和井看護師が、はあ? という表情になった。

「ああ」

モンパルナスは手の甲で口元を拭《ぬぐ》った。眼は二人

を追っている。凶光にどこか揺らぎがあるのは、せつらのせいである。

「だが……まだ……足りない」

ずい、と前へ出た。瓦礫《がれき》の砕ける音がした。

せつらが妙なことを口にした。

「医者に診《み》てもらわないとね」

ひとりと二人の距離が三メートルまで縮まったとき、モンパルナスがまた足を止めた。廃墟へ入ってきた方を見つめた。

月光の下に、純白のケープ姿が妖しく美しくかがやいていた。

「おや、メフィスト医師《せんせい》」

とせつらが、ふり向きもせずに言った。〝探《さぐ》り糸〟がロールスロイスとその到着を知らせたのだ。

「どうしてこちらへ？」

「往診の帰りだ」

白い医師が言った。闇の静けさがさらに深まった。

「その巨軀《きょく》は夜目にも明らかだ。それに、車が糸を踏んだ」

「降参」

せつらが両手を上げた。ふざけているとしか見えない動作であった。

「明日の午後八時まで任せてもいいけど」

「内部にひとり――血に狂うのは、それのしわざだな」

「診ないでわかるの？」

土和井看護師の眼が驚きに吊《つ》り上がった。

「非常に興味深い人物だが、もはや、我が患者でない以上、そちらにお任せしよう」

「僕たち狙《ねら》われてるんだ」

とせつらが言った。

「その女に救《たす》けてもらえばよかろう」

「そうむくれるなよ」

「むくれてなどおらん。撤回したまえ」

「撤回します」

ここまで、モンパルナスは棒立ちのままであった。せつらひとりでも殺意が揺らぐのを止められないのに、ドクター・メフィストまで現われた。精神《こころ》が萎《な》えつつあった。

だが、内部のものは凶気を再起動するのに成功した。

一気に地を蹴《け》った。

「わあ」

とせつらが頭を抱《かか》えて地に伏せる。巨体がのしかかった。食われる前に、せつらは血肉の塊《かたまり》と化すだろう――巨体が宙をとんだ。五メートルも風を切ってコンクリ塀《べい》に激突する。

その腰に巻きつけた一本の針金の為《な》せる業《わざ》と、誰が想像しただろう。

モンパルナスは立ち上がった。両手で針金を摑んで引いた。それだけで針金は切れた。

「食人鬼の操り人形――相手は針金細工でよかろう」

そう言ってから、地べたへ突っ伏したままのせつらを、軽蔑《けいべつ》したように見下ろし、

「無精者《ぶしょうもの》」

と言った。

「怖い怖い」

せつらは頭を抱えたまま、半顔を土和井看護師に向けて、ウインクして見せた。やればできるのを、メフィスト任せにしたのである。

モンパルナスの前方で月光が弾《はじ》けた。光の粒は一線となり、線は回り、くねり、しなって、ある形を造り出した。身長三メートル近い巨体を、三体。

頭巾の内側で、ひと筆描きの輝線《きせん》が双眸《そうぼう》と鼻と口を造型していた。

すべて同じ形。

すべて、モンパルナス。

「三体の自分と闘《たたか》ってみるか？　一体とても本体にひけは取らぬぞ」

正《まさ》に巨神の闘い《バトル・オブ・タイタン》。

だが、三体とはいえ、その巨体を構成するのは、一本の針金にすぎない。モンパルナスの巨体にどう挑《いど》むのか。

巨人が前方のイミテーションに突進した。顔面を捉《とら》えて握りつぶす。その腕に細くて太い線腕《ライン・アーム》が絡《から》みついた。もう片方の巨腕がそれをもぎ放して、胴から引きちぎろうとした。できなかった。胴もつられて来たのである。

明らかにとまどうモンパルナスの首すじに二体目のイミテーションが、手刀《しゅとう》を叩き込んだ。どのような魔力がかけられていたのか、それは二〇センチもめり込んだ。

ぐおお、とよろめく後頭部を三体目の拳が一撃した。モンパルナスは両膝《ひざ》をついた。

「ここまでかな?」

メフィストが言った。

いいや、と巨人は動きで示した。

頭をつぶされたイミテーションの片足を捉えるや、大きく右へふり廻した。モンパルナスと同じ重量を備えているのは、その重い旋回でわかったが、次に生じた現象はひどく合理的であった。

三体がぶつかり、針金同士が絡み合ってしまったのだ。モンパルナスは、三体まとめて抱きすくめ、圧《お》しつぶした。地べたへ叩きつけ踏みにじると、そこにあるのは蠢《うごめ》く針金の塊であった。

「大した妖パワーだ。君を造り出したのは私も知る名の男だな」

メフィストの口元は、患者の快方を眼にした慈医のごときほころびを備えた。

モンパルナスは、ずいと白い医師の方へ前進した。

その両腿《もも》を銀色のメスが貫《つらぬ》いた。彼は倒れなかった。かわりにその場に硬直したのである。

「では、一緒に来てもらおう。放っておけば、患者が増えるばかりだ」

白い手からしゅるしゅると銀色の光が、モンパルナスの首に巻きついた。

　別の光がそれを断ち切った。

　メフィストは眼だけを動かして、立ち上がったせつらを見た。

「連れてかれると困る」

「しかし――放置するには危険すぎる相手だぞ」

「いい病院があるんだ」

　メフィストの眼が光った。

　せつらめがけて新たなメスがとんだ。

　せつらの妖糸《ようし》がそれに巻きついた。刃に触れた分は切断されたが、握りに絡んだ分が見事に飛翔《ひしょう》を封じた。

　虚空《こくう》に停止したメスを、メフィストは、ふむと見つめた。

「どうしても渡さないと？」

「そうそう」

　とせつら。

「どうしても連れて行く」

「へえ」

　せつらは首を垂れた。

　モンパルナスが、ぎょっとしたようにせつらを向いた。

　土和井看護師が、

「何よ、これ？」

　と呻《うめ》いた。

　これとは世界か？

　世界がどう変わるというのか？　そも誰が変える？

　せつらが、ぽつりと言った。

「――私と会ってしまったな、メフィストよ」

2

　このような戦士の出会いを誰が想像しただろう。

「私」のせつらvs.ドクター・メフィスト――いかなる魔戦が繰り広げられるのか。その空気に侵《おか》されただけで、土和井もモンパルナスも石と化した。否《いな》、廃墟のみならず、直径数キロの空間が変貌し、観光客、通行人、邪霊妖物のすべてが戦慄《せんりつ》に凍結したのである。

だが、決着は早かった。

「ここは譲ろう」

とドクター・メフィストが言った。

「〝私〟と名乗る男と戦う気にはなれん——だが、その巨人には気をつけろ。自分でない自分はひどく厄介《やっかい》だぞ」

白いケープが月光の下で翻《ひるがえ》り、〈魔界医師〉は歩み去った。

地面が揺れた。

モンパルナスが仰向《あおむ》けに倒れたのである。この凶魔にとっても、黒白《こくびゃく》の対決は、精神の髄《ずい》まで麻痺《まひ》させる緊張の刃《やいば》に乗っていたのである。

「あなた……」

土和井看護師の声は、あらゆる存在の問いだったかもしれない。

せつらはもう顔を上げていた。

いつもの茫洋《ぼうよう》たる美貌から、得体《えたい》の知れぬ翳《かげ》は去っていた。

「無事？」

と訊かれて、土和井はうなずくのが精一杯《せいいっぱい》であった。

「よかった。僕も平気だぞ」

せつらはモンパルナスを見て、

「多分、もとの彼のままだ。眼が醒《さ》めるまで放っとこ」

こともなげに言うせつらへ、土和井看護師はうなずくしかなかった。

零時《れいじ》を過ぎたとき、通りの方から、複数の足音が近づいて来た。

廃墟に入って来たのは、五人の子供たちであった。男の子が三人と二、三歳の小さな女の子の手を

引いた少女——みな、一二、三歳である。ひとりはギターを手にしていた。

　みな足を止めた。

「誰かいるぞ」

「大丈夫よ」

　土和井看護師が声をかけた。

「安心してらっしゃい。お腹空《なかす》いてない？」

　子供たちは顔を見合わせ、すぐにぼんやりとなった。せつらを見たのである。美しさの蠱惑《こわく》は年齢を問わない。

「おいで」

　せつらが言うと、全員が従った。

「どした？」

「おれたちホームレスなんだ」

　と真ん中の少年が言った。

〈魔震〉からどれほど歳月が過ぎても、〈区役所〉の救済からこぼれた人々はいる。

「憑《つ》かれてるの？」

「うん」

　いっせいにうなずいた。

〈憑依《ひょうい》ＨＬ《ホームレス》〉と呼ばれる子供たちであった。死《し》霊悪霊《りょうあくりょう》の類《たぐい》に取り憑かれ、意思を無視した凶行悪行《あくぎょう》に走るのだ。〈新宿区〉も収容治療に専念し、現に効果は上がっているのだが、どうしても抜け落ちる者がいる。中でも難物は、自らの意思で憑依を選ぶ者たちだ。

　収容所でも虐待《ぎゃくたい》される少年たち。親戚に邪魔者扱いされる少女たち。そんなとき、憑依したものたちの力は、何よりの助けになる。

　収容所の虐《いじ》めっ子を虐殺し、親戚を八つ裂きにして〈区内〉を逃亡する子供たちは、今も後を絶たぬ。今夜も〈区〉の保護司に追われ、一夜の宿を求めてやって来たのだろう。

「おれたち——あっちへ行くよ。あんたたちは出てったほうがいい」

「そう言うな」

とせつらは返した。この若者には珍しく、口元が笑っている。

「荷物があるんだ」

と巨体の方へ眼をやった。子供たちの顔に動揺が走った。

「へえ」

別の少年が呻くように言った。

「大きいね」

別のひとりが、

「美味《おい》しそうだね」

土和井看護師の眼が妖光を放った。

女の子を指さし、

「その赤ん坊も食料？」

「だったらどうするの？」

と少女が舌舐《な》めずりをした。

「こっちも人食いよ」

土和井看護師が右手をジャケットの内側に入れた。せつらは押し黙ったままだ。

「みんな憑かれているのよ」

看護師の言葉は、せつらへの牽制《けんせい》であった。凶行は子供たちのせいではないと言っているのだ。だが、彼らが牙を剝《む》けば、一〇〇〇分の一ミクロン――チタン鋼の糸は、容赦《ようしゃ》なくその首を切断するだろう。ひと思いに――これが慰《なぐさ》めの言葉になるかどうか。

山が動いた。

子供たちが後じさる迫力を持って、モンパルナスが起き上がったのである。

「なんだ、おまえら？」

じろりと小さな顔を見渡して、

「そうか、内部《なか》にいる奴と同類だな」

一発で見抜いた。

「気の毒に――よし、おれが治療してやろう」

「あン？」

とせつらが眉を寄せた。

ずん、とせつらのかたわらを通り過ぎた巨軀《きょく》が、

「貸せ」

と少年のひとりに手をのばした。ギターであろう。あまりの迫力に憑きものも沈黙したらしい少年が差し出すと、巨人は音もなく腰を下ろし、堂に入った弾き語りポーズで、弦を弾き出した。

譚詩《バラード》だった。

あの店へ行けば　会えたのに
星が連れて行っちまった
いまは二つの月が照らす町で
おれを探しているだろう
舌を嚙《か》め、三つ目の情報屋
ささやくな　砂漠の赤い砂
あいつの顔を知っているなら
教えてくれ

せつらは土和井看護師を見た。光るものが美女の頰《ほお》を伝っていく。


少年たちが激しく咳《せき》込んだ。口を押さえた。その手を押しのけて、青白い塊が吐き出された。

それらは月光の下で踊り狂っているように見えたが、すぐにちりぢりになった。

ギターが熄《や》んだ。

瓦礫の上に倒れた少年たちを巨人は見下ろした。

「離れた」

と言った。

「死んでるね」

とせつらが言った。土和井看護師の腕の中で赤ん坊が身じろぎした。少女が倒れる寸前、彼女の下へとんで来たのである。見えない糸の仕業《しわざ》であった。

彼女は赤ん坊をせつらに預け、子供たちの脈を取り、瞳孔を調べた。頼りは月光のみの下で、作業を終えると、息をひとつ吐いて、

「死んでいるわ」

と言った。それからモンパルナスを見て、

「あなたの歌のおかげで解放されたのよ」

「よかった」

と巨人が言った。

「だが、おれのはまだいる。そして、デイジーは見つからない」

「大丈夫」

とせつらが言った。これまでの言動からは想像もつかぬ強い口調であった。

「明日から、また捜《さが》す。必ず見つけます」

その足下を塵《ちり》のようなものが流れた。

子供たちの身体《からだ》は何処《どこ》にもない。

「ずっと前に死んでいたのよ。魔性《ましょう》に取り憑かれたときに」

土和井看護師が小さく十字を切った。クリスチャンらしかった。

その日は廃墟に泊まり、翌日、

「今日はひとりにしてくれ」

とモンパルナスが申し出た。

「駄目」

「危険だわ」

「おれはこの街が好きだ」

とモンパルナスは熱意を込めて言った。

「悲しみばかりが多いと思ったが、喜びも負けていない。夜の八時まで、おれもデイジーを捜してみたい。頼む」

「いいよ」

あまりにもあっさりとしたせつらの承諾へ、土和井看護師が眼を剝いた。

「いいの？」

「見張りはつけとく。いい？」

とせつらはモンパルナスに訊いた。

「いいとも」

「内部《なか》の奴が出て来そうになったら、できるだけ我慢して」

「わかってる」

「しくじったら」

せつらは首に手刀を当てて横に引いた。

「デイジーにも会えなくなる」

「わかった」

通りまで出て、三人は別れた。

通行人をのけぞらせながら、〈新宿駅〉の方へ歩み去る巨体を追いつつ、

「人が良すぎない？」

と看護師が睨《にら》みつけた。

「いちおう、依頼人」

「だからって」

美女はまだせつらの妖糸を知らない。

「八時に〈四ツ谷駅〉前で」

せつらは片手を上げただけで、これも〈新宿〉方面へ歩き出した。

「――ったく」

土和井看護師は怒りと諦《あきら》めを息に乗せて吐き出すと、通りかかったタクシーに手を上げた。


鋭い響きが上がった。革《かわ》の鞭《むち》と絡みついた肉とがたてる音であった。

肉は別の音を放った。

苦鳴《くめい》を。

それには別の感情が混じっていた。

「いいぞ」

びゅっと風を切りながら、男が褒《ほ》め讃《たた》えた。細《ほそ》面《おもて》の顔にも、しなやかな身体にも汗の珠《たま》が光っている。筋肉のつき方や骨格から見ても、中性的な感じのする痩身《そうしん》であった。全裸の尻がきつく締まって見える。

「やめないで」

前方の白い豊かな肉が求めた。

両手を大きく広げた。こちらも全裸の女であった。

広い背中と鋭くくびれた腰、それに挑むように広がった臀部《でんぶ》。何処も青い筋が生々しい。今ついた傷ではなかった。

「やめないで。続けて」

女は全身を震わせて求めた。手首についた鉄の枷《かせ》と天井へ伸びた鎖が激しく鳴った。

「いいとも」

鞭が激しく愛《いと》しげに白い肉を抱きしめた。

女はその度《たび》にのけぞり、痙攣《けいれん》し、泣き叫んだ。十数発目に、

「もう駄目――今すぐ抱いて」

男が背後から近づき、両手で乳房を摑んだ。肉の量もたっぷりある乳であった。

男がやや腰を屈《かが》めて女の尻に狙いをつけた。

肉と肉とが打ち合った。その音が続く間、女は絶叫を放った。

「彼はまだおまえを追っているのか?」

激しく突きながら、男は訊いた。

「まだよ。あの人は絶対に諦めない。いつか私は見つけ出されてしまう」

「僕が守ってやるよ。この身体に指一本触れさせやしない」

「ありがとう。でも、無駄よ。何もしないでちょうだい。愛は強いものなのよ。特に彼の愛は」

「それに浸《ひた》ってみたらどうだ?」

「私がここまで逃げのびて来たのは、その結果よ」

女は、ああと呻いた。

「嚙んで」

男は首すじに歯をたてた。肉をちぎり取る勢いで頭をふる。

「感じる。針を――針を」

男はそれを乳を揉《も》む指の間にはさんでいた。

慣れた指使いで、タイミングも測《はか》らず乳首を横に貫いた。

白い裸身が震えた。死の痙攣に近い。

「他のところも――他のところも刺して」

「おっぱいか、腹か、それとも尻か」

「何処だって何処だって」

豊かな胸肉に鮮血が盛り上がった。腹も尻も血に

染まった。

「塗って、塗って。あたしの血をあたしの身体に塗って」

男は荒々しく、血液を女体《にょたい》になすりつけた。

「彼にもしてもらったらどうだ?」

男は言葉責めにかかった。何度となく繰り返した問いであった。

「あの人はそんなことをしない。いくら私が望んでも駄目だった。だから——」

「お前は逃げ出し、彼は追いかける」

「いやよ、いや。考えただけでもいや。男の優しさに包まれて、何の刺激もない生活を送るなんて——私、死んでしまう」

「なら、僕に任せろ。必ず始末をつけてやる。幸い、いい人材を手に入れたんだ」

「人材?」

女はふり向いた。黒髪が額《ひたい》や喉《のど》に張りついている。

「ああ。おまえの歓《よろこ》ばせ方も、僕より上手《うま》いと思うが——試してみるか?」

「して、して、して」

男はいきなり腰を引いた。

濡《ぬ》れた音がした。女があうと白い喉をのけぞらせた。

「入って来い」

と男が声をかけた。

右方のドアがスライドして、長身の男が入って来た。背広の右腕が平たい。つけ根から失われているのだ。

「出血多量で倒れているところを見つけた。ある人物を追っているという。それに力を貸す代わりに、おまえの責めを担当してもらう。刃物のベテランだそうだ」

女は荒い息を吐きながら、近づいて来る男を見つめた。

外国人だ。

「ギリシャの人?」

「当たり」

男は滑《なめ》らかな日本語で言った。

「あんたが味わったこともない快楽を与えてやるよ。おれはドドレという」

3

その日の〈歌舞伎町〉は、大トラブルの渦に巻き込まれた。

途方もなくでっかい男が、イベント・スペースや弾き語りパブを訪問し、

「デイジーを知らないか?」

と訊いて廻ったのである。ギターが得意とつけ足されても、訊かれたほうは度肝《どぎも》を抜かれるばかりで、ロクに話もできず、しかし、六軒目で、

「その女なら、今夜は『スカイ・ランナー』に出てるよ」

と耳に入った。二丁目の客席は三〇もないミニ・シアターである。

「ありがとうよ!」

店が吹っとぶような大音声《だいおんじょう》で礼を言い、握手しようとしたが、相手は逃げてしまった。

ところが、「スカイ・ランナー」の公演は休止になっていた。

「金を返せ!」

と入口で喚《わめ》き、

「よ、予約はしてないはずですが」

と言われて、

「それはそうだが——ええい、気に喰わん!」

一発食らわせると、チケット売り場の半分が吹っとんだ——と見えた瞬間、巨体は拳をふり下ろした姿のまま、通りの真ん中までとんでいた。

その腕を固定し、そこまで放り出した見えざる糸を見た者は、無論いない。

多少は血の気が鎮《しず》まったらしく、巨人はのっそり

とチケット売り場に近づき、震えまくっている係に、デイジーの住所を尋《たず》ねた。

蒼白《そうはく》の係が、何とか調べてメモを渡すと、

「ありがとうっ」

熱烈なる感激の証《あか》しに、握手した係の手の骨を粉砕して立ち去った。


〈信濃町《しなのまち》駅〉から〈旧中央線〉の線路に沿って〈四谷〉方面へ進むと、〈南元町《みなみもとまち》〉に出る。ここに〈若《わか》葉《ば》二丁目〉、〈同三丁目〉を加えた地域は、かつて〈鮫河橋《さめがはし》〉と呼ばれた谷底の貧民窟《ひんみんくつ》であった。やがて、その面影《おもかげ》は消え、高級マンションが建ち並ぶ一角となったが、〈魔震〉による壊滅は、元来のスラムを復活させて現在に到《いた》る。

　今はおびただしいバラックの建ち並ぶ荒地の中を、巨体が歩を進めていた。どこか危なっかしいのに、バランスを崩す寸前に次の一歩を踏み出し、こりゃ危ないと見えた瞬間にもう一歩――という具合で、たちまち、あるバラックの前に辿《たど》り着いた。

　木のドアがついている。広さだけはかなりある。約三〇坪《つぼ》――独《ひと》り暮らしには充分だ。

　そこに今はデイジーと呼ばれる女がいつから住みついたのか、スラムの住人にもわからない。空いている家には、誰が入ってもいいというのがここの鉄則であった。

　月も隠れた暗夜のせいか、家々に明かりは点《とも》っているものの、外に人影はない。

　巨大な影はポケットから小さな紙切れを取り出して、眼を凝《こ》らしていたが、ドアに貼ってあるプレートの住所と照らし合わせ、そっとドアをノックした。

「おれだよ、デイジー、モンパルナスだ。やっと見つけたな。長い長い旅をして来たんだ。な、開けてくれ」

　バラックの内部は静まり返っている。

　モンパルナスはノックを続けた。

「な、出て来てくれ。なぜ、そんなにおれから逃げるんだ？　昔はいつだって二人で過ごしたじゃあないか。おれが山奥の収容所へ入れられたとき、おまえはいつまでも待ってると誓った。おれはそんなこと言われなくても、おまえを信じてた。なのになのになのに——もう理由は聞かない。顔を見せてくれ。これから、ずうっと一緒に暮らそう。なあ——」

声は、げっと喉の鳴る音で熄んだ。

内側からドアを貫いた物体が、巨体の胸と鳩尾《みぞおち》と下腹部に食い込んだのである。

巨人——モンパルナスが声もなく倒れたのは、四枚の飛翔体がすべて急所に打ち込まれたせいであった。

ドアが開き、長身の影が現われた。ドドレであった。

「ブラナガンつながりで、色んな奴が出て来るもんだな。おまえを使ってブラナガンをおびき出すことはできそうだ。殺してしまうよりは役に立てんとな。おれの〝投げ刃《ば》〟は鍼《はり》なみの精確《せいかく》さでツボを突く。このまま、おれの隠れ家へ来てもらおう」

「……デ……イ……ジー……は……ど……こ……だ？」

ふり絞った巨人の声であった。ドドレは驚きの表情になった。

「なんと——しゃべれるのか？　声帯は動かんはずなの——に——なんという執念だ。それに免じて教えよう。デイジーは、『薔薇《ばら》の郷《さと》』というSMクラブにいる。オーナーはデイジーのギターのファンだそうだ。おれの標的もそこへ呼び出して始末するとしよう。いいや、その前にたっぷりと拷問《ごうもん》にかけてから」

「何処へ……でも……デイ……ジーの……いるところ……なら……何処へ……でも……連れて……行って……く……れ」

「健気《けなげ》な男だな」

ドドレは声もなく哄笑《こうしょう》した。

「よし、じゃあ連れて行ってやろう。歩けるだろうな？」

「大——丈夫だ」

「よし。トラックが用意してある」

〈外苑東通り《がいえんひがし》〉を北上したトラックは、〈あけぼのばし通り〉へ下りて、小さな商店街の入口で止まった。

五〇メートルほどの通りの左右に意外と洒落《しゃれ》た店舗《てんぽ》が軒《のき》を並べている。

三〇メートルほど進んだ右側に、目立たないが瀟洒《しょうしゃ》な玄関とドアを備えた店が佇《たたず》んでいた。

チャイムが鳴った。鈴の音であった。

紫のガウンを着た若者が静かに走り寄って黄金の閂《かんぬき》を開いた。

美形の表情は、明らかに訪問者の正体に気づいているふうであった。

それが切れ長の眼が細まり、柳眉《りゅうび》が寄ったではないか。

戸口に立っているのは、六、七歳と思《おぼ》しい少女であった。誰もが溜息《ためいき》を洩《も》らしそうなあどけない笑《え》みを浮かべている。

右手におかしな品を下げていた。

「君は？」

動揺を隠せぬ若者の足下へ、それが放られた。

若者は左胸を押さえて、よろめいた。紫のルージュを塗った唇が切なげに喘《あえ》いだ。激しく息をつぎながら、彼は足下の品を見つめた。

ドドレの生首であった。切断されたものではない。食いちぎられたのだと傷痕が言っている。

若者は必死に声を放とうと努めた。喘ぎを声に変えなくてはならない。

す、す、す、と放ってから、

「素晴ら——しい」

と放った。

「まさか……こんな……ときめきの夜を……迎えるとは思わなかった……ああ……神よ、感謝……いたしま……す」

少女が入って来た。

薄笑いを浮かべた口の周りが真っ赤に染まっている。

「ドドレを……食べたのか？　……あんな危険な男を？」

「不味《まず》かったよ」

と少女は言った。汚れなき笑みとはこれだ。

「私は……薔薇貴《ばらき》……君の名は？」

「左露麻」

「今夜は素晴らしい夜を味わえそうだ。奥へ行きたまえ」

「お邪魔します」

滑るように進んで、少女はホールの奥にあるもうひとつのドアを押した。

天井から大の字に吊《つる》されている全裸の女を、しげしげと見つめた。

これほど様々な感情渦巻く瞳というのも稀《まれ》だろう。

だが、それはたちまちひとつにまとまった。

左露麻はふり向いて、若者に笑いかけた。

「どうじゃ。おまえも見たことのない純朴《じゅんぼく》な笑いであろう。このせいで私は今日まで生き延びてきた。私の笑みは殺意も憎しみも消してしまう。ふふ、私の顔は見たであろう。この女に対する憐《あわ》れみ、同情、こんな目に遇《あ》わせた者たちへの怒りと憎しみ、復讐《ふくしゅう》心——どれももっともだと納得するだろう。だが、この女はこのままにしておけ、今、私の内部《なか》で、ひどく暴れている奴がおる。この女に会いたいと言ってな。その前に食らってもいいが、あとあと面倒が起こりそうだ。しばらくはこのままにしておけ。正直、今すぐにでも、食らいつきたいところだが」

愛くるしい顔である。声である。しかし、内容は悪意の放言だ。

「とりあえず、ＳＭクラブへ客たちを集めろ。その中から私が吟味《ぎんみ》した者を、この部屋に招いて吊すのだ。あとは私が勝手に食い散らす」

「世迷《よま》いごとをぬかすな」

今まで黙っていた薔薇貴が、不気味な声で言った。

「おまえ、ニュースで見た人食いだな。あれは男の子だ。だが、本当は小娘なのか。それより、巨人のモンパルナスは、何処にいる？」

「私の中よ」

「憑依《ひょうい》変身か」

若者は驚いたふうもなく言った。この街では、三メートル、五〇〇キロの巨体が、六、七歳の少女の体内に収まるなど何ということもない現象なのだ。

「では、いま追い出してやろう」

若者の手が、壁にかかっていた革鞭にのびた。

「ほう打撃剝離《はくり》といくか。おまえはこのあどけない私を鞭打つ気か？」

「そうとも。大きな化物に用はあるが、小粒には用がない。左露麻と言ったな、幼いままあの世へ行くのも忘れえぬ思い出だぞ。いいや、小娘を責めるのも、我が館のショーとしては面白そうだ。そうだ、おまえもつないでやろう」

異様な欲望を湛《たた》える声であった。紫のルージュの間から赤い舌が覗《のぞ》いている。

左露麻は何と応じたか。

「あら、面白そうね」

と、こちらも舌舐めずりをしたではないか。

「いいわよお。そんなの初めて。目一杯ハードにやってみて」

「本気か？」

若者の眼が爛々《らんらん》と光りはじめた。

「私はいつだって本気よ」

「これは面白い」

左露麻の身体が震えた。衣裳《いしょう》がことごとく床に落ちるのを見て、若者が喉を鳴らした。

「いい度胸だ。小娘の姿だからといって、容赦《ようしゃ》はせんぞ」

「お好きなように」

薄闇の中の禁断の会話であった。

まさか、異議を唱《とな》える者がいようとは。

「心変わりをするつもり？」

若者も少女も、はっとそちらを見た。これも鎖につながれたままの、しなやかな女体の主へ。

「そんな真似《まね》、許さないわよ、私からそんな小娘へ乗り替えるつもりなら、二人とも殺してやる」

口調と声には、二人の怪人も口をはさませぬ凶気の迫力に満ちていた。

「あーら、どうやって？」

少女――左露麻の声にも、どこか怯《おび》えがあった。

「こうやってよ！」

叫びが唸《うな》った。デイジーが両脚を縮めるや、鎖は呆気《あっけ》なく天井から抜けた。

落下するコンクリ片を、デイジーの鎖が粉砕した。

それが自分たちの方まで伸びて来た刹那《せつな》、二人は悲鳴を上げて地に伏した。

「これは――」

頭部を隠しながら薔薇貴は絶叫した。

「――おまえは何者だ!?」

「デイジーよ。この力は、私を愛した男から譲り受けたのよ」

左露麻へ眼を向けて、

「この小娘――何故か腹が立つ――くたばれ！」

空気層をぶち切る鎖の一閃《いっせん》は、伏せたままの左露麻の頭部に激突し、頭骨も脳も真紅の霧と化した。

第七章　変化団《へんげだん》

1

「――なんてことを⁉」

　薔薇貴は身を震わせて叫んだ。何たる突然の死か。それは、あまりにも呆気《あっけ》ないVIPの死と呼ぶべきであった。

「どんな気分だ?」

「小娘など必要ないわ。でも――妙な気分だわ」

　デイジーは首をふった。

「わからない。やだ。何だか悲しくなってきたじゃない」

　デイジーは眼を拭《ぬぐ》った。驚くべきことに、悲しみは本物らしかった。

「世話になったわね」

　デイジーは、床に散らばった衣服のところへ行った。

「何処《どこ》へ行く?」

「わからない。あの人の来ないところへ」

「帰すわけにはいかない」

　薔薇貴は鞭《むち》を鳴らした。

「おまえほど、私を昂《たかぶ》らせた女は初めてだ。一生苛《さいな》んでくれる」

――若返りの改造手術を受けさせてでも、一生
「私もそうして欲《ほ》しいわ。でも、もうここにはいられない――そんな気がするの。さようなら」

「いかん!」

　風を巻いて鞭が襲った。首に巻きついたそれを摑《つか》んで、デイジーは左へ振った。

　旋回する薔薇貴を、責め木馬が待ち構えていた。彼はそれに激突し、頭と肋骨《ろっこつ》を押さえながら、地に落ちた。

　デイジーには次の時間《とき》が待っていた。

　青白い顔が床と壁にとんだ左露麻の血しぶきを見つめ、

「何か間違っているわよね、あなた?」

と訊《き》いた。声は震えていた。相手は若者ではなかった。

「これで私はひとりぼっちよ」

デイジーは戸口へ歩き出した。

「行かせない」

床の上で、薔薇貴は左手をふった。手首に小さな鈴が付いていた。今まで一度も音をたてなかったそれが、いま非常時を告げる高い響きを上げた。

奥の壁から数個の人影が走り込んで来た。

黒ずくめの男たちである。この館のスタッフなのは明らかであった。全員が鞭を握っている。

「捕まえろ」

薔薇貴が息も絶え絶えに命じた。

「了解」

言うなり黒い蛇が躍《おど》った。

デイジーの全身に巻きつくたびに、女は身をよじった。奇妙な形だった。一瞬一斉の打撃に、どう反応していいか、身体がわかっていないのだ。


だが、デイジーは倒れなかった。首に、乳房に、背に、太腿《ふともも》に打撃の生んだ青黒い蛇を巻きつけながら、戸口へと進んで行く。

「素晴らしい」

と男たちのひとりが喘《あえ》ぐように言いながら、鞭をふった。

腰が音をたてて、デイジーがのけぞった。

「こんな女ははじめてだ。何処に出しても世界最高の高値で売れるぞ。若――競売《せり》にかけましょう」

「……そのつもりだ」

薔薇貴は顔を伏せて言った。とぎれとぎれであった。

「捕まえろ、早く」

「承知」

何条もの鞭が女体に巻きつき、引き戻した――瞬間――止まった。

男たちの手から柄はもぎ取られていた。まとめて鞭を摑んだ巨大な手の仕業《しわざ》であった。

「お、おめえは⁉」

質問が終わらぬうちに、ふり戻った柄が全員の顔を頰《ほお》の上で二つにした。

「デ……イ……ジー……」

と薄闇の中でささやいた巨人は、言うまでもなくモンパルナスである。

彼は片手を分厚い胸に当てて、

「まだひとり……いる」

と言った。

「だが……おまえを救うために……出て来たんだ……ああ、やっと……会えた……さあ……二人で元の生活に……戻ろう……」

扉が閉まった。

「デイジー」

悲痛な声はドアにぶつかって砕《くだ》け散る。

「デイジー……待ってくれ……デイジー……どうして……おれから……逃げるんだ？」

低い笑いが――死に近い笑いが床を返って来た。

「戻りっこない……ね」

巨人は、すでに死相を浮かべた若い顔を見下ろした。

「あの女……は……生まれついての異常者だ……それも……とびっきりの……どう逆立《さかだ》ち……したって……まともな生活など……望めない……あんたが……今のままで……いる限りは……な。……おれには……わかるんだ」

「なら……どうしたら……いい？」

巨人は上体を曲げて、薔薇貴に顔を近づけた。真摯《しんし》な問いであった。

死顔が、にっと――魔性《ましょう》に近い笑顔をこしらえた。この街の笑顔だ。

「あんたも……異常に……なることさ……おれみたいに……わかるだろ？」

「……ああ」

「なら……やってみろ……あの女を……取り戻すには……それしか……ない……ああ……もう少しで

「……おれの……ものだった……の……」

のにと言うつもりだっただろうが、その前に踏み下ろされた巨人の靴底が、その顔と頭部を平べったい血肉に変えていた。


せつらの携帯が鳴った。

「そろそろ八時よ」

土和井看護師であった。

「わかった。二人とも連れて行く」

「二人？」

「モンパルナス氏の恋人が一緒だ」

看護師は一瞬、息を呑《の》んでから、

「あなた遣《や》り手《て》ねえ」

しみじみと言った。

「――〈四谷〉まで来られる？」

「何とか」

「前と同じ地点に玄関があるわ」

「了解」


「そろそろ時間ですわよ、先生《ドクター》」

戸口から届いた土和井看護師の声に、ドクター・ランケンは、空中に浮かんだ3D画像を消してから、椅子《いす》の上で大きく伸びをした。私室である。

「分離の準備は整いまして？」

挑発的な媚《こび》を含んだ物言いは生まれつきなのであろう。土和井看護師は近づいて、医師の首に両腕を巻きつけた。

「まだだ」

「あら」

「憑《つ》いたもの、憑かれたもの――どちらも精神ではなく魂《たましい》のレベルで食い合っている。正直、わしはでかいほうが負けると思っている」

「まさか」

「とにかく早く連れて来い。それまでわしは別の手術《オペ》に取りかかる」

「おかしな手術で時間をつぶさないでくださいよ」

「うるさい」

その女性客がやって来たとき、古着屋「薊《あざみ》」の店内は、〈魔界都市〉とも思えぬ混乱を示した。

奥の椅子にかけていた主人は、おお⁉ と叫んで立ち上がった途端に、ギックリ腰に見舞われて転がり落ち、悲鳴を聞きつけて奥からとんで来た長男もありゃあと立ちすくんだ。

客は気にもせず、

「下着とスーツ」

と注文をつけ、

「勝手に見るから」

と吊《つ》るしの服を物色しはじめた。主人と息子には、見事なベル型の乳房と、ぬめついた腹、くびれた腰からヒップへの淫《みだ》らなライン、肉づきのいい太腿が、眼から脳まで灼《や》きついた。女は全裸であった。

このスタイルでの歩行は、さすがに人目を引いたらしく、戸口には人が溜《た》まって、覗《のぞ》き込むのに余念がない。

「なに見てやがる⁉」

息子が喚《わめ》いてドアを閉めた。

その間に、女は身仕度《みじたく》を終えていた。

「ごめんなさい。持ち合わせがないの」

「そりゃ、あんた困るよ」

主人が涎《よだれ》をすすり上げた。

「そうだ。金がないなら返してくれ。それとも——身体《からだ》で払うかい？」

「身体はごめんなさい」

と女は言った。

「代わりに、それを貸して」

店の隅に古いクラシック・ギターが立てかけてあった。

それを手に取り、女は静かに爪弾《つまび》きはじめた。

外へ出た女を、黒いコート姿が待っていた。

「あなたは……」

「午後八時五分前だ。とりあえず、あなただけでも連れて行く」

と秋せつらは、茫洋《ぼうよう》と宣言した。

「どうやってここへ？」

「捜《さが》すのが商売」

「私をどうするつもり？」

「ある病院へ連れて行く」

「真《ま》っ平《ぴら》よ。明日、店で演奏があるの」

「中止」

デイジーは走り出そうとした。その身体を逃亡の姿勢のまま止めたものが何か、言う必要もない。

「大人しく――」

来いと言いかけて、せつらの声は止まった。

「あれれ――」

あくまでのんびりした声が揺れた。デイジーも、建物も通行人も、激しく震えている。

「〈余震〉よ！」

「大きいぞ！」

悲鳴に近い声が入り乱れた。その姿が次々に消えていく。空気に呑まれていく。

「ヤバ」

せつらは素早く身を屈《かが》めた。〈新宿区役所〉の出した〈余震マニュアル〉に掲載されている〝予防体〟の姿勢を取る。

悲鳴に爆発音が加わり、サイレンが鳴りはじめた。

「あらー」

デイジーに巻きつけてあった妖糸《ようし》の手応《てごた》えが切れた。そのための嘆息《たんそく》であった。

最大級の〈余震〉は、三秒ほどで終わったが、被害は大きかった。

消滅した人数は一〇〇〇人を超し、崩壊したビル数は五〇〇余、狂暴狂人化した人々は七〇〇名を数えた。

これから三日間、〈新宿〉はその将来を担《にな》うＶＩＰを失い、将来に地獄を生まんとするＶＩＬ（悪党《ヴィレイン》）の跳梁《ちょうりょう》を欲《ほ》しいままにさせるのであった。

　守りの姿勢を解いたせつらへ、早々にひとりが声をかけて来た。

「おい、こかなんて街だ？　隠しだてすると為《ため》にならねえぞ」

「〈新宿〉」

　せつらは素直に言った。

「どちらから？」

「うるせえ」

　と青い囚人服らしい上下をまとった男は喚いた。

重量級の柔道家かレスラー並みに屈強だ。周りに何人も同じ格好の奴《やつ》らがいた。

「質問にだけ答えりゃ――」

　ここで男は、ようやくせつらの顔を真正面から見た。

「――いい……んだ。余計な口を」

「きくな？」

　せつらは通りを見廻《みまわ》した。まともな通行人の姿はなく、こいつらもまともな人間に思える奇体な影がうろつき廻っている。

「……おれたちは……韓国の……拘××刑務所の……死刑囚だ……それがいきなり……地震が来たと思ったら……ここにいた……しかし……おれもおまえも……別の国の言葉を話してるのに……どうして……通じるん……だ？」

「〈魔震〉の余禄《よろく》」

「〈DEVIL QUAKE〉？……聞いたことがあるぞ……ひょっとしたら……あんた……」

　近くの悲鳴が男をふり向かせた。

　仲間たちの中に異形《いぎょう》がいた。彼らより頭二つ大きく、剛毛だらけの全身のあちこちに、ぱあくぱあくと開閉中の口を散らした影が。口の中には黄色い牙が見えた。

ひとつが、青い服の肩口に嚙《か》みつき、そいつを空中高く放った。

手足をばたつかせながら落ちて来る青い影を、かっと開いた口が吞み込んだ。幅は二メートル近い。肉を裂く音に、骨の砕ける響きが重なり、すぐ静かになった。

「食われるぞ」

「助けてくれ――逃げろ。ぎゃっ⁉」

二つ目の声が悲鳴に変わり、男たちは逃亡に移った。

それも飲み込み、咀嚼《そしゃく》して、異世界の影はせつらの方へ歩き出した。

「何処から来たか知らない」

彼は茫洋と口にした。

「〈新宿〉向きだなあ」

そいつはオレンジに近い肌色の上に青緑の斑点《はんてん》をちりばめた異世界の生物であった。異世界と断言し得たのは、四肢《しし》の長さがすべて異なり、右手と左足は四カ所に関節があって、すべてが逆についているからだった。

「それでも人を食べる」

そいつの頭頂から股間まで縦一文字《いちもんじ》、胴を横に一文字の光が生じた。四個の肉塊《にくかい》と化したそいつは、もう動かなかった。生命《いのち》はこちら側に合わせているらしい。

銃声やレーザー光がせつらの前後左右を流れた。〈区民〉の反抗が始まったのだ。こちらの物理法則に適応する限り、単なる生物が〈新宿〉で暴れているだけにすぎない。よくあることだった。

通りの騒動が収まってから、せつらは周囲を見廻したが、デイジーの姿はなかった。

糸の絶え方からして、次元渦動に吞み込まれたのだろう。デヴィッド・ラングの昔から、〈区外〉でも〈区内〉でもたまに起こる。

そして、今回はせつらに長い溜息《ためいき》をつかせたのであった。

2

デイジーは意識を取り戻しつつあった。

奇妙な感覚が身体中に貼りついている。唇に、乳房に、下腹に、腿に、そして、最も敏感な部分に。

唇だ。熱い唇が、虫の体液を吸い取る食虫花のように、豊かな肉体に吸いついているのだった。

「ああ」

デイジーはなおも醒《さ》めやらぬ意識の中で、相手を認めようと両眼を開いた。

白い肉体《からだ》が見えた。肉づきのいい女もいれば細身の女もいた。四〇代と思《おぼ》しい女も一〇代と見えるのもいた。

「誰……あなたたち？　……ここは……何処？」

「眼が醒めた？」

右の乳房を吸っていた若い女が訊いた。

「ここは、あたしたちの国よ。あなたはそこへ迷い込んで来た、いわば獲物」

「それもずいぶんと美しい獲物ね」

腹を舐《な》めていた皺《しわ》の多い女が言った。

デイジーはのけぞった。乳首に歯をキツくたてられたのだ。

「やめて」

「やめないわ。あなたも私たちの仲間になるのよ」

女たちの舌の動きがいっそう粘《ねば》っこくなった。

デイジーの体内で妖しいものが蠢《うごめ》いた。自分が自分でなくなる感覚――自分の中から、別のものが出て行こうとしている。

ふと、思った。

これって、いつもの？　いや、違う。駄目よ、出ては出ては駄目！

闇の中で絶叫が迸《ほとばし》った。

まとわりついていた唇が離れ、また悲鳴が上がった。

気配が入り乱れる中で、不意に闇が裂けた。

立っているのは、白い影であった。背後のビルの窓から放たれる光が、すぐにその正体を教えた。

ドクター・メフィスト。

「往診の帰りに、おかしな空間を感じたので、裂いてみた」

白い繊手《せんしゅ》には、細い光が握られていた。メスである。

ここは〈歌舞伎町〉の路地だ。近くには「ゴンドラ」の入ったビルや、〈ホテルグレイスリー新宿〉が控えている。

「異世界の唾棄《だき》すべき女どもを食い散らしたのは、君か？　よくやったとは言えぬが、大したものだ」

少年は血まみれの唇を手の甲で拭った。

「不味《まず》い肉だったよ」

その眼は恍惚《こうこつ》とメフィストに注がれていた。

「口直しをしなくちゃね。ドクター・メフィストの肉は美味《おい》しいかな？」

「味わってみればよかろう。当院でな」

かあっと少年は牙を剥《む》いた。眼前の白い医者の怖《おそ》ろしさを彼は知らぬ。はたして、躍りかかった身体はその胸もとで白いケープに覆《おお》い隠され、もがく身体を白い手がひと撫《な》でするや大人《おとな》しくなった。

「見たところ――ひとりではなさそうだ。三人か。そして、ひとりは亡くなった」

事情を知る者が耳にしたら、戦慄《せんりつ》すべき〈魔界医師〉の診立《みた》てであった。


その一時間後、せつらは〈メフィスト病院〉へ駆けつけた。

「情けない人捜し屋だな」

青い光に満ちた〈院長室〉でメフィストは冷え冷えと言った。

「〈新宿〉一の看板は外したまえ」

「大きなお世話」

せつらは、のんびりと返した。

「すべては〈余震〉のせいだ。おー怖《こ》わ」

「かなり厄介《やっかい》な患者だ」

とメフィストは言った。

「君にもわかっているだろうが、あの少年にはもうひとり憑いている」

黙念《もくねん》と聞いているせつらへ、

「私の手をもってしても、分離には時間を必要とする」

「藪《やぶ》」

せつらの返事は、もちろん報復である。

「君の依頼人は、たぶん、この少年と一緒にいる。だから呼んでみた。分離の瞬間を見たいのではないかと思ってね」

「あ、見たい」

報復など何処にある？　という表情で、せつらが手を叩《たた》いた。

「よかろう。では来たまえ」

メフィストは扉へ向かった。せつらが続く。何処か浮き浮きしていた。

外科棟のドアのひとつの向こうに、少年が横たわっていた。左露麻である。巨大なベッドの上の小さな身体は、滑稽《こっけい》を通り越して奇妙でさえあった。

「やれやれ」

せつらのつぶやきに、メフィストは即座に反応した。

「今夜は愚痴《ぐち》が多いな」

「違うよ、溜息だ」

「どうしてかね？　君の反応としては驚くべき異現象だ」

「早く見せろ」

せつらは小さな被験体へ視線を注いだ。

すでに室内には幾《いく》つもの影があった。音もなく移動し、これも影のようなメカニズムと溶け合ってしまう。

「ひとつ」

せつらは人さし指を立てた。

「何なりと」

「二人の密接度はどれくらい？」

「一心同体——とは言えんな。だから、心霊レベルの調節まではいかずに済む」

「了解」

せつらはドアのそばの椅子にかけて、

「GO」

と言った。

それから行なわれた手術は、〈たそがれ医院〉のものと、似て非なる技術の成果であった。

「一時間」

とせつらはつぶやいた。

さらに、

「二時間」

で、左露麻の身体に痙攣《けいれん》が走った。

「おや」

閉じていたせつらの眼が開いた。

左露麻の口と両眼から、緑の光が虚空《こくう》へ迸った。天井でそれは波紋のように広がり、見上げるせつらに、ほお、と言わしめた。

現象がメフィストの手術《オペ》の結果ではない証拠に、白い院長は小さな身体と天井の波とを交互に眺《なが》めた。

右手を光にさしのべたのは数秒後であった。

——正体を摑んだな
とせつらは考えた。

メフィストの手の平は光を抑《おさ》えた。広げもさせず、一気に左露麻の顔面に押し込んだ。

「残念。もう少しで霊体分離だけはイケたのにな」

惜しむような声がした。

「これは、ドクター・ランケン」

せつらは茫洋と返した。

白衣の医師と——もうひとり、妖艶《ようえん》な看護師は、ひっそりと微笑《ほほえ》んでいた。

「それはもともと私たちの患者だ」

とランケンが言った。

「お返し願おう」

「あと五分もあれば、分離は成し遂《と》げられる。手は出さんでいただきたい」

　とメフィストは言った。

「あなたの霊体分離法をわしは採らんよ。それは最悪の事態を招きかねないと、あなたもわかっているはずじゃ、ドクター・メフィストよ」

　せつらが、ぼんやりと白い医師の方を向いた。このぼんやりはうるさそうだ。

「痛いところを衝《つ》かれるな、ドクター・ランケン。だが、これがもっとも確実な分離法だ。その点に関しては？」

「それも承知している」

　ランケンはうなずいた。

「だが、わしが問題にしているのは、そうやって分離した結果じゃ。そこからは、この世のすべてを破壊させなくては収まらない悲しみが生まれる。ドクター、あなたもお気づきだろうが、もとの一体には不老不死の力が備わっている。彼は誰かを追っているのでは？」

「そうそう」

　答えたのは、せつらであった。

「彼ないし彼女は永劫《えいごう》に報《むく》われぬ思いを抱《いだ》いて生きていかねばならない」

　不老不死の相手は、必ず先に逝《い》く。そして、他人《ひと》を恋い慕《した》うたびに、不死者は悲しまなくてはならないのだった。

「それを救う法は二つある」

　メフィストであった。ランケンは無反応である。

「二体をこのままにしておくこと。だが、それは双方の狂気を招く。片方はいつか死に、片方は生き残る。そのときも、現在の形態は維持されるだろう。残された方の狂気が何を引き起こすか考えたくはあるまい」

「同感ですな」

ランケンは声もなく笑った。

「もうひとつは、片方の想い人を見つけ、ともに暮らすことだ。本来はそれが最適だが、想い人が嫌がっては」

ランケンはうなずいた。

「お渡し願えないか、ドクター？」

と申し出た。

「残念ながら」

「では――いただいて行こう。土和井」

看護師はすでに用意を整えていたようであった。


音もなく走って、彼女は少年のベッドに近づくや、右手をふり上げた。何もなかった。ふり下ろした。少年の全身がかすんだ。半透明の袋で包まれたのである。死体袋だ。いつ用意し、どこに隠し持っていたのか――土和井看護師はそれを片手に元の位置に戻った。

メフィストは動かない。

「それでは失礼する」

とランケンは言った。

せつらはメフィストを見た。身じろぎひとつしないのが、信じられなかった。自分の手術中の患者が、拉致《らち》されてしまう――ドクター・メフィストの病院で許されることではなかった。

部屋の奥にぼんやりと、〈たそがれ医院〉の建物が浮かび上がってきた。

「失礼する」

軽い会釈《えしゃく》をして、ランケンは背を向けた。後に続く土和井看護師が、ちらとせつらの方に顔を向けてウインクした。

二人がドアの向こうに消えると、

「大人しい」

とせつらが言った。メフィストの傍観者《ぼうかんしゃ》的立場を揶揄《やゆ》したのである。

「私と異なるやり方で、あの二人を分離する――結果を見届けたいものだな」

「何か起きるよ」

メフィストはうなずいた。

「やむを得ない」

「無責任藪」

それでも、白い医師の美貌《びぼう》は、冷厳《れいげん》に凍りついたまま、ある医院の消えた部屋の奥を見つめているのだった。

3

翌日、せつらの下へ早朝の電話があった。

ブラナガン特務から、

「モンパルナスの行方はどうだ?」

「もう治った?」

「何とかな。さすが、ドクター・メフィストだ」

「行方はわかってるけど、行けない」

せつらは事情を話した。

「その病院へは誰も入れんのか?」

「場所がわからない」

「役立たずどもめが」

「どうも」

ブラナガンから見ればそのとおりだから、せつらも反論はしない。

「デイジーはどうした?」

「たぶん——同じところに」

「どういうことだ?」

「じきにわかる。まだ、はっきりしない」

「出て来い。話がある」

〈十二社〉のバス停前にある喫茶店に決まった。

「はーい」

一応クライアントである。せつらは出かけた。相も変わらず、彼を見た通行人が凍りつき、或《あるい》はよろめき、舗道《ほどう》に座り込んでしまう。

目的地の喫茶店では、せつらを見た途端、女店員が眼をつむったままサングラスを手渡した。

それをかけて、奥の席にいるブラナガンの前に腰を下ろした。

　ブラナガンは相変わらず精悍《せいかん》な顔を、いよいよ難しくして、

「さっきの口ぶりでは、居所《いどころ》を知っているとみた。おれは依頼人だ。みな話せ」

「しかし」

「〈たそがれ医院〉か？」

「おや？」

　せつらの眼が据《す》わった。

「なぜ？」

　知っているのか？

「これでも、〈新宿〉に関する事象では、知る限りのことを身につけて来た。おれはひとりだが、盗聴ならお手のものだ。君のコートのポケットには、最後に会ったとき、ミクロ・サイズの盗聴器を仕込んでおいた。世界で発見できる者はおらん」

「訴える」

　と脅したつもりだが、迫力はゼロである。

「〈たそがれ医院〉は何処だ？」

「〈四谷〉」

「わかった。連れて行け」

「でも——存在しない」

「わかっている」

　ブラナガンは、静かな自信を込めてうなずいた。

「魔術妖術は〈新宿〉の専売特許ではないぞ。スイスは武器と永世中立だけが売り物ではないのだ」

「それはそれは」

「この場から案内してもらおう。〈たそがれ医院〉の扉はおれが開ける」

「やれやれ」

　とせつらがつぶやいたとき、ウエイトレスが注文を取りにやって来た。

「ソーダ水」

「要《い》らん」

　と応じるブラナガンを、せつらよりもウエイトレスが憎らしげに睨《にら》みつけた。

三〇分後、二人は〈たそがれ医院〉の門前に立っていた。左右を通る通行人が、せつらを見てよろめき、立ち止まるのは、いつもと同じだ。

せつらはブラナガンを見つめた。お手並み拝見という奴だ。

ブラナガンは上衣《うわぎ》のポケットから数枚の写真を取り出すと、扇状に開いて前方――〈たそがれ医院〉の玄関の方向へ持ち上げた。

「ニューヨーク、モスクワ、北京《ペキン》てのは定番だが、京城《ソウル》、モザンビーク、レンの台地となると、玄人《くろうと》好みだ。そして、〈新宿〉――あちこちでやらかしたことを忘れたわけじゃああるまい、ドクター・ランケン。おれはあんたの失敗例をすべて記録しているんだぜ。世間の眼にさらされたくなかったら、出て来い。〈新宿TV〉にはすでに見本を送ってある」

ここで、ちらと腕時計を見て、

「あと一分以内に出て来なきゃ、渡してあるデータは世界に公表される。恥を知ってるなら、もう何処にも出現できん。あと一〇秒――」

「やるねえ」

とせつらがつぶやき、

「……九……八……」

と唱《とな》えはじめたのを見て、ブラナガンが、こいつはという表情になった。

ちらちらと盗み見ていた通行人たちが、あっと叫んだ。

〈新宿通り〉の一角に、正《まさ》しく〈たそがれ医院〉の佇《たたず》まいが浮かび上がったのだ。

「へえ」

せつらが、ゼロと数えたとき、病院は現実と化してそこにあった。

「行くぞ」

「それじゃ」

「なにイ?」

目と歯を剝くスイス人へ、

「依頼を果たした。モンパルナスは中にいる」

「信用できんな。この眼で確認するまで一緒に来い」

「うー」

「来い。ここでミサイルを射《う》ち込まれたいか？」

「ノンノン」

首をふるせつらへ、ブラナガンはうんざりしきったように溜息をついたが、

「とにかく来い！」

断固として命じ、せつらも、もっともだと認めたのか、

「はいはい」

と両手を上げた。

忽然《こつぜん》と出現した建物に、いかつい軍人ふうの男と世にも美しい若者が、片や傲然《ごうぜん》と、片や嫌そうに吸い込まれて行くのを、通行人たちは茫然《ぼうぜん》と見つめていた。


「ようこそ」

迎えたのは、白衣の女性看護師だが、土和井ではなかった。

「あいつは何処にいる？」

凄《すご》みを利《き》かせるブラナガンに続いて、

「あ。いちばん新しい患者さん」

とせつらがフォローする。

看護師は訳知り顔でうなずき、

「こちらへ」

と廊下を進みはじめたとき、鋭い音が院内を伝わった。

「緊急警報です——避難させなくては」

緊張する看護師へ、

「何処の部屋？」

とせつら。

「第七外科手術室——この先です」

「じゃ、勝手に」

せつらの前に、ブラナガンが走り出した。

並ぶドアの表面に、看護師が口にした名前が浮かび上がった。上段の赤ライトは点滅を繰り返している。

二人が足を止めた瞬間、ドアが吹っとんだ。スチールのドアが半《なか》ばからへし折れたのだ。

薄闇が室内を埋めている。

「子供がひとりいる」

周囲を見廻すブラナガンの眼が、赤光《しやっこう》を放っている。赤外線視覚レベルに切り替えたのだ。

せつらは突っ立っているだけで、その手から離れた数千条の妖糸が、室内の探査を担《にな》っている。

「女が倒れているぞ」

せつらも気づいていた。土和井看護師であった。首が半分――傷口からして――食いちぎられている。

犯人はそこにいた。看護師の右腕にかぶりついている男の子が。

二人の方を見て、喉《のど》を鳴らした。

「この化物《ばけもの》」

ブラナガンが罵《ののし》るや、その右袖口からペンシル状の物体が、少年の身体に吸い込まれた。

少年――左露麻が右へ走った。獣のような敏捷《びんしょう》さであった。

ミサイルは床上寸前で方向を変えた。

「視覚確認式《アイ・ウィットネス》ミサイルだ。カメラが確認した標的は絶対に逃がさん」

左露麻が宙に浮いた。ミサイルはためらいもなく追尾《ついび》する。

「ふむ」

とうなずいている場合ではなかった。左露麻はせつらめがけて躍りかかったのだ。

「わあ」

との声が悲鳴ではなかった証拠に、少年はせつらの前方で地上へ落下し、追尾するミサイルは数個に解体されて、これも床に落ちた。

「邪魔するつもりか?」

ブラナガンの何処かから、同じミサイルが噴出し、せつらの周囲を巡《めぐ》った。

「あなたの捜しているモンパルナスは彼だ」

ブラナガンは太い眉を寄せた。即座に叫んだ。

「そうか――憑依《ひょうい》か⁉」

「そ。ここで分離してもらうはずだったんだけど、失敗だったらしいね」

不可視の糸で縛《しば》られた左露麻に、せつらは呼びかけた。

「――わかるかい、モンパルナス？　ここはあなたに丸投げさせてもらう」

話しかける相手は無論、左露麻だ。だが、せつらの言葉は彼を通して背後の何者かに向けられているふうにも見えた。

「こんな食人鬼と同居していても何にもならない。早いとこ別れれば、あとはこちらで始末するけど」

こう言って、せつらは眼を閉じた。耳を澄ませたのである。


左露麻が身じろぎして、牙を剥いた。

「どうした、モンパルナス？　こんな坊やの言いなりか？　それは、こいつがデイジーだからか？」

ブラナガンがぎょっとこちらを見た。

「あ……あ……あ」

左露麻が呻《うめ》いた。声は鉄の錆《さび》を帯びていた。

「あ……あ……そう……だ」

巨人モンパルナスの声であった。

「出て来い」

せつらではない。ブラナガンの声であった。

「そして、不老不死の秘密を、私に教えるのだ！」

「でき……な……い……おれは……デイ……ジーを……殺せない……分離したら……死んで……しまうの……だ」

「その心配なら無用じゃ」

全員の背後から、虚《うつ》ろな声がかかった。

「手術《オペ》は……完了した」

と言ったのは、ドクター・ランケンであった。ひ

どく頼りない立ち姿で、

「彼らは……無事に……二人に戻れる……さあ……試してみるがいい」

「やれ」

　とブラナガンがつぶれたような声で叫んだ。

「待て」

　せつらが止めた。彼にしては強い口調だったが、勿論《もちろん》、気にする者はない。

　左露麻が震えた。小柄な全身に痙攣が走るが、せつらの糸は揺るがない。

「おれを……解放……しろ」

　苦鳴《くめい》が流れた。地獄の苦痛に骨の髄《ずい》まで冒《おか》されながら、怒りと憎しみの響きは、この上なく強い。

「おれは、こんな奴といたくない。もう一秒でも御免だ。いくら逃げても、どこまでもつきまといやがる。とうとうここまで来ちまった。さっさとこの忌々《いまいま》しい糸を解《ほど》け。おれはひとりで逃げるぞ」

「そう?」

　せつらは、眼を瞬《しばたた》いた。とびきり珍しい台詞《せりふ》でも聞いたように。

「逃げる。〈新宿〉からね」

「やめてくれ、デイジー」

　と左露麻は別人の声で言った。

「どうしておれをそんなに嫌うんだ？　あんなに愛し合ってたじゃあないか」

「それをひとり合点《がてん》と言うんだ。おれもおまえを愛していた。おまえが刑務所へ入っても、ずうっと愛し続けていた。絶対に揺るがないと思っていた。だが、おれは左露麻に出会ってしまったんだ」

「やっぱりそうか、男がいたんだな。それがこの餓《が》鬼《き》か？」

「——そうだ」

　左露麻は苦し気に眼を閉じた。

「わからん……」

　ブラナガンが呻いた。

「モンパルナスは、恋人のデイジーを捜し求めていた。そのデイジーには左露麻という愛人が出来た。彼は男の子だった。しかし、左露麻とは小娘の妖体であり、芽以戸の同体でもあった。左露麻は死んだが、芽以戸は残った——彼はデイジーでもあるのか？」

「そゆこと」

当然と言うふうなせつらの口調であったが、本当にわかっているかどうかは不明だ。

その美しい黒瞳《こくどう》に霞《かすみ》のようなものがかかった。

「ひょっとしたら——もうひとり」

「なに？」

「モンパルナスよ、意識を集中しろ……そして……奴を殺せ」

ドクター・ランケンは横倒しになった。

白衣の下の下半身が真っ赤に染まっているのにせつらは最初から気づいていた。彼も左露麻の犠牲者だったのだ。

近づいて、肩も貸さずに、

「しっかり」

と励《はげ》ました。おべんちゃらである。助からないのはわかっていた。

「おお!?」

とブラナガンが息を呑んだ。

丸まった少年の身体が、みるみる膨《ふく》れ上がってきたではないか。

「モンパルナス」

その通りだ。そこにいたのは巨人モンパルナスである。左露麻の姿はなかった。

モンパルナスの全身が朱に染まっていく。左露麻の自由を奪っていただけの妖糸が食い込んでいくのだ。

「やめろ！」

ブラナガンが、右手をせつらへのばした。その袖《そで》口《ぐち》からペンシル・ミサイルが飛翔《ひしょう》するまでは一瞬のうちだ。

「どうして放っておく？」

と床上のドクター・ランケンが訊いた。

青白い顔の中で、虚《うろ》のような口が、ぱあくぱあくと動いた。

「分離せい。そして——愛を成就《じょうじゅ》せい」

顔が伏せられた。

「死亡」

とせつらがつぶやいた。

4

巨体が激しく打ち震えた。

「あれ⁉」

妖糸が切断されたのをせつらは知った。

モンパルナスが立ち上がった。全身から流れる血は止まっていた。

「不死身たる所以《ゆえん》だ」

ブラナガンの声は嗄《か》れていた。せつらの油断はその響きのせいであった。


軍人の首の背後から銀色のすじが巨人の肩に吸い込まれたのである。それは爆発はせず、モンパルナスの腕のひとふりで床に落ちた。

同時に彼はよろめいた。

「何を？」

せつらが訊いた。

「麻酔薬を射ち込んだ。シロナガスクジラでも一〇頭まとめて浮かび上がるぞ」

モンパルナスがこちらを見た。凄《すさ》まじい怒りの表情に、せつらは黙ってブラナガンを指さした。

「失《う》せろ」

とブラナガンは叫んだ。

「おまえの仕事は終わった。後はおれが片をつける」

「それがそうも」

「なに？」

せつらは巨大な顔を眺めながら、

「実はデイジーから依頼を受けている」

「な、何の依頼だ?」

「左露麻を捜してくれ、と」

「莫迦《ばか》な。奴は——デイジー自身の超自我じゃないのか?」

「あってもなくても依頼は依頼。本来のモンパルナスと対面するまでは、サービスで付き合うよ」

「無駄だ。奴は眠る。そうしたら、一〇分で〈区外〉から我が軍の特務部隊が出動して、彼を拉致する。さっさと行け。料金は後日振り込んでやる」

「獲《と》らぬ狸《たぬき》の皮算用《かわざんよう》」

「なに!?」

とせつらを見て、モンパルナスへ眼を戻す。この間一秒もない。

顔前に巨大な手が迫っていた。

あっという間に、ブラナガンは首を摑まれ高々と持ち上げられていた。

「く……薬が……効かんの……か?」

呻く口が血を吐いた。


「たぶん、回復力が凄いんだ。それが不死身の証拠」

ぽきりと鳴った。頸骨《けいこつ》が砕けたのだ。白眼を剝くブラナガンを地へ放り、巨人は両手で胸を押さえた。

「ああ、ここにいるのか、デイジーよ。おまえの言うことはみな受け入れる。これまでの仕打ちを怨《うら》みもしない。昔のように相思《そうし》の糸につながれておらずともいい。せめて逃げるな。おれのそばにいてくれ」

彼は戸口へ歩き出した。

足取りを見れば、人の心の動きはわかると言った者がいる。

それが正しいのなら、モンパルナスは絶望に包まれ、行く当てもないのだった。

せつらは止めなかった。

この病院を脱《ぬ》け出すのは至難《しなん》の業《わざ》だということもあるが、巨人の内部《なか》にはデイジーと左露麻がいるのだった。

さらに――

せつらはドクター・ランケンを見下ろした。

早く分離せよと求めて死んでいった医師――それが気になった。

彼は何を企《たくら》んでいたのか？

ひょっとして、分離手術は終わっていたのではないか？　冷たいものがせつらの首すじを這《は》った。

やがて、彼はモンパルナスの後を追った。

戸口からは簡単に外へ――〈四ツ谷駅〉前に出られた。

「しまった」

モンパルナスを血まみれにした糸が断たれてから、新しいひとすじを巻きつけていなかったのである。

新たな捜査法を考えようと、駅前の石橋に身をもたせたとき、欄干《らんかん》に貼られた一枚のポスターが眼についた。


午後八時。

〈四谷三丁目〉のバー「サウスウインド」へ、今日の演奏者とはおよそ無関係と思しい男が、巨体を押し込むように入って来た。

さすがの〈区民〉たちも道を空け、席を空け、何処に収まるのかと注視していたら、巨人は何と舞台に上がった。

「何だ、あいつは？」

「芽以戸はどうした？」

「まさか、代奏じゃねえだろうな」

訝《いぶか》し気な声もある。同情に近い声もある。驚きの声もある。憎しみの声はない。

壇上の巨人の俯《うつむ》いた姿が、奇妙な、しかし圧倒的な哀愁を感じさせたのだ。

店のマスターが現われ、巨人を見てから、

「危《やば》い、ギターがないぞ」

と呻いた。

「替えはない。さて――どうするか?」

何かが宙をとんだ。

巨体にぶつかる寸前、右腕が上がって、軽々とそれを受け止めた。人々がどよめいたのは、音ひとつ立たなかったためだ。

ギターであった。

それを放った人影は、ドアの手前に立っていた。そちらを見た客たちが声もない呻きを発して恍惚に溶けていく。

秋せつら。

「近くの店で借りて来た。びーん」

せつらは弦を弾《はじ》く真似《まね》をして見せた。

驚愕《きようがく》と動揺が人々の間を渡った。まさか、おい、という声が、さして広くない店内を巡った。

巨人はギターを抱《かか》え、眼を閉じて、長い溜息をついた。

ざわめきが熄《や》んだ。

彼らは、眼前の異形人《いぎようびと》が、たとえようもない悲しみを、ギターともども抱えていることに気づいたのだ。

わかっていると、あなたは言った
月の光の下で、わたしが砂に変わっていく理由《わけ》も
いちどでいいから答えておくれ
あなたを酒に変えるには、あと何が必要なのか
古い都の入口に、誰かが建てた砂の像
若い学者と踊り子が消えてから、像には酒の香り
がきつい

異形の歌声は、人々の呼吸《いき》を吸い取ったようであった。

やがて店の住人たちの間でひそやかに語りつがれ、この舞台《ステージ》は伝説となるだろう。

誰かが泣いていた。泣き声は歌のあいだいつまでも続いた。

弦が最後の一音を放って死んだとき、動く者はい

なかった。拍手もない。感動のあまり忘れてしまったのだ。

巨人の身体が激しく痙攣した。

その口が開くや、舞台にひとりの人間が吐き出されたのである。ドレス姿の女であった。

デイジー。

客たちの声は期せずして一致した。

「おお、デイジー、おれは、おまえを外へ出したくなんかなかった」

と巨人——モンパルナスは、声を震わせながら言った。

「ずうっと一緒にいたかったんだ。なのに、何故《なぜ》、外へ出してしまったんだろう？」

「私が望んだからよ」

恐らくこの世でいちばんしてはならぬ答えを、美女は返した。

「何度も聞きたいの？　何度でも言ってあげる。あなたは私に意味のない男だったのよ。刑務所へ入った数日後に、私はあなたのことをきれいさっぱり忘れてしまったの」

「嘘《うそ》だ」

きしるような声であった。

「ははは、そうよ。幸いにも嘘っぱち。でも、あなたと離れる理由はすぐに作り出せた。さあ、見てごらんなさい！」

デイジーは両手を顔に当てて、思いきり下げた。面皮《めんぴ》でも剝《は》ぐような強さであった。

正《まさ》しく——ああ正しく、その下からは別の——男の顔が出現したではないか。

芽以戸と名乗るギター弾きの顔が。

モンパルナスは立ちすくんだ。驚愕が顔から全身に広がったかのように、彼は震えた。

ようよう言った。

「誰だ、おまえは？　こんな奴……知らん……デイジーは……何処へ行った？」

「ここだよ」

伸びやかな声である。店内の全員が、芽以戸のものだと思った。そのとおりだった。だが、もうひと撫でした顔は、美女デイジーに戻っていた。

「お……おまえは？」

思わず指さすモンパルナスへ、

「とぼけるな――と言いたいところだが、おまえは何も覚えていまい。私は最初から男だった」

「嘘だ……デイジー……嘘だ」

「デイジーか――それもおまえが勝手につけた名だ。おれは最初から男だった。だが、このままではおまえから逃げられんと知って、顔も名前も変えた。芽以戸という別人にな。おれと過ごすうちに、おれを女と思い込んだおまえから身を隠すには、こうするしかなかった。なのに、こんなところまで追いかけて来やがって。この腐れ怪物《モンスター》め。真相の重さにつぶされてしまえ。さっさと自滅するがいい」

「何てことを……何てことを言うんだ、デイジー――おれはおまえと一緒にいられるだけでよかったんだ。今だって変わっていない。頼む、ずうっとおれの側《そば》についててくれ」

「生憎《あいにく》、おれはおまえほど長生きは無理なんだ。いつかおさらばしなくちゃならん。おれにはおれの人生があるということだ。おまえは、おれを抱いているうちに、女だと思い込みはじめた。願いは叶《かな》えてやったぜ。さあ、もう潮時だ。お互い自由にやっていこうじゃないか」

デイジーの顔は芽以戸に戻った。

彼は茫然たる客席へ眼をやって、軽いウインクをして見せた。相手はせつらである。

「おれはやっぱり、あんたみたいな別嬪《べっぴん》――じゃねえ、色男のほうが性《しょう》に合ってるぜ」

「この裏切り者」

きしるような声が、店内に騒然の種をまいた。

「許せん。いま殺してくれる」

突進する巨人から大きく客席内へとびずさって、

「また、さよならだ。鬱陶《うっとう》しい純情男」

奇声を発しながら客席へとび込んだ。モンパルナスの顔は涙でくしゃくしゃであった。

甲高《かんだか》い笑い声をたてながら、芽以戸は店をとび出した。

美女が走り、巨人が追う。あまりにも悲痛無惨な恋愛物語の戯画《ぎが》だと知るものはいない。

〈四谷ゲート〉の監視所が見える広場で、二人は停止した。〈観光客〉たちが悲鳴を上げて逃げ惑《まど》う中を、芽以戸は〈亀裂〉に臨む防御柵の前に立った。

「さあ、もう逃げられねえな」

デイジー＝芽以戸は肩をすくませて笑った。

「だが、おまえもこれ以上は付きまとって来られねえ。さよならだ、モンパルナス」

「思い直してくれ、デイジー」

巨人は両手を差し出して哀願した。

「おい、おれは最初から芽以戸だ。デイジーなんておかしな名前をつけるなよ」

「悪かった——名前なんかどうでもいい。頼むから戻ってくれ」

「悪いが、真《ま》っ平《ぴら》だ。かと言って、おまえのことだ。何処へ逃げても追って来るだろう。それも真っ平。だから、ここでおさらばするぜ」

彼は軽く地面を蹴《け》って柵の上に止まった。靴に仕掛けでもあるのか、自殺防止用の高圧電流を物ともせず、

「なあ、本物の男になれよ、モンパルナス。いつまでもビイビイ泣きながら、おれみたいなのを追っかけるんじゃねえ。本当の幸せってやつを捜し出せ」

「それを与えてくれるのは、おまえだけだ。デイジー——戻って来てく……」

最後まで続けるつもりが、声は途中で切れた。切った原因《もと》は、巨人であった。

涙に歪《ゆが》んだその顔が、悪鬼のそれに変わったのだ。吊り上がった眉の下で、両眼は憎悪の光を放ち、耳まで裂けた鎌状の口からは、醜《みにく》い乱杭歯《らんぐいば》が露呈し、彼はギチギチとそれを噛み合わせた。

ひい、と後退し逃げ出す者もいる群衆の中で、

「ドクター・ランケン——これがあなたの言う本当の分離か。身体じゃなく、精神《こころ》の別れが」

「おまえはおれのものだ。時が果つるまで」

取り憑いたのは、悲愁《ひしゅう》か妄執《もうしゅう》か。巨人は易々《やすやす》と地を蹴って、デイジーにとびかかった。

だが、女の身体はその脇をすり抜け、小さな少年の姿を取って地上へ降り立った。

絶叫は上がらなかった。

見事な芝居の一幕のように、巨体は声もなく、姿を乱すこともなく、柵を越えて、——〈亀裂〉の中へと吸い込まれて行った。

「音はしないわよね」

せつらの隣りで、デイジーが言った。

「はあ」

「けど、あの人いつか出て来て、また私を追いかけるでしょうね。ねえ、もう依頼を受けないでくれない?」

「それは、何とも」

「そうか——しょうがない、プロだものね」

と肩をすくめてから、

「おれを冷たいと思いますか?」

せつらと向かい合ったのは、芽以戸であった。

「モンパルナス氏は、最後までひとりでした」

とせつらは言った。

「そうゆうことですね」

これも人生《セ・ラ・ヴィ》——せつらはそう思った。

表情から読み取ったのか、芽以戸はうなずいた。

「どっちにしても、奴はまたやって来ます。この街でのんびり暮らせるかと思ったが、そうもいかないようだ——それじゃあ、これで」

肩をひとつ叩いて〈ゲート〉の方へ歩き出す背中へ、

「左露麻も、あなた?」

「そうです。情けない話だが、おれも寂しくてね。いつの間にか、あんな奴をこしらえてしまいまし

た。ところが、あいつもおれが嫌だったらしいんです」

そして、あの少女が生まれた。

「どいつもこいつも浮かばれませんね」

芽以戸は片手を上げると、人混みに消えた。

孤独と悲しみの中から、男と女が生まれた。変貌とはいうまい。男と女はそうやって誕生したのかもしれない。

せつらは〈亀裂〉をふり返った。

彼だけは知っている暗く深い地の底から、見捨てられた巨人の咆哮《ほうこう》が昇って来るような気がした。

あとがき

いやあ大難産であった。

理由は簡単である（言い訳ではない、と思う）。いちばん肝心《かんじん》なときに大腰痛をやらかしてしまったのである。

その日、ＴＶを観《み》ていたら、いかにも体育会系の筋肉男が出て来て、力コブを作り、ビキニ姿の美女がそれを揉《も》んで、ステキなどと褒《ほ》め讃《たた》えている。

体育会系の男などどうでもいいが、この美女がツボにはまった。ビキニだし。それで私はこういう美女にステキねと言って欲しくなり、早速《さっそく》行動に移った。

不幸なことに、玄関の隅《すみ》に、ＤＶＤを詰めたダンボール箱が二つ積んであった。重さは三、四十キロ超と思われる。

——これを持って毎日一〇往復もすれば、かなりの筋肉がつくだろうと考え、私はまず、上の箱を一メートルほど離れた階段の上に載《の》せ、また元の位置に戻した。

二回目のとき、また戻そうと持ち上げた刹那《せつな》、ふと腹筋もつけたいなと思った。それまでは、ダンボール箱を胸につけ、全身で運ぶようにしていたのだが、今度はそれを身体《からだ》から離し、腹筋と腕力でやってのけようとしたのである。

二歩目で、ズレた。

不思議なことに、その日と翌日は平気であった。

「なんじゃ、大したことはない」

と呑気者《のんきもの》らしく考えていたら、二日目から地獄の王が腰に住みついた。

以前も何度かやらかしたことのある腰だが、そんなもの比《くら》べものにならない。ちょっと身体をズラすや、

「ぐおおおお」

と声が出る。同居人は、うーむと腕組みするばかりで役に立たない。

ほとんどひと月、ちょっとズレるたびに、これが続いた。何とか安定位置を見つけたと思うと、少し身じろぎするたびに、ズレ〜ぎええと繰り返しであった。

本作の遅れは、この腰痛のせいで、私が怠《なま》けていたりしていたわけではない。

医者へも行ったが良くならない。ひいひい言いながら、病院の駐車場の方へ歩いて行くと、近くのマンションに、

「合気道／居合道」

の看板がかかっており、それを見た同居人が、

「あれやってみたら？」

とぬかす。

「どーゆー意味だ？」

「受け身でも取ってれば、早く治るんじゃないの？」

「バカヤロー」

怒りのあまり蹴《け》とばしてやろうと試みた途端またズレた。

本作の遅れには、かくの如《ごと》き苦鳴《くめい》の日々が隠されているのである。

何とか復活すると、

「今度はさあ、外谷《とや》さん呼んで来て、踏んづけて貰《もら》ったら？」

だとよ。

心身ともに苦悩の極致から、本作は完成したのである。

令和二年八月某日
「あゝ同期の桜」（'67）
を観ながら。

菊地秀行

本書は書下ろしです。

ノン・ノベル百字書評

キリトリ線

なぜ本書をお買いになりましたか（新聞、雑誌名を記入するか、あるいは○をつけてください）

- □（　　　　　　　　　　　　　）の広告を見て
- □（　　　　　　　　　　　　　）の書評を見て
- □ 知人のすすめで
- □ タイトルに惹かれて
- □ カバーがよかったから
- □ 内容が面白そうだから
- □ 好きな作家だから
- □ 好きな分野の本だから

いつもどんな本を好んで読まれますか（あてはまるものに○をつけてください）

●**小説**　推理　伝奇　アクション　官能　冒険　ユーモア　時代・歴史
恋愛　ホラー　その他（具体的に　　　　　　　　　　）

●**小説以外**　エッセイ　手記　実用書　評伝　ビジネス書　歴史読物
ルポ　その他（具体的に　　　　　　　　　　）

その他この本についてご意見がありましたらお書きください

最近、印象に残った本をお書きください		ノン・ノベルで読みたい作家をお書きください	

1カ月に何冊本を読みますか	冊	1カ月に本代をいくら使いますか	円	よく読む雑誌は何ですか	

住所					
氏名		職業		年齢	

あなたにお願い

この本をお読みになって、どんな感想をお持ちでしょうか。

この「百字書評」とアンケートを私までいただけたらありがたく存じます。個人名を識別できない形で処理したうえで、今後の企画の参考にさせていただくほか、作者に提供することがあります。

あなたの「百字書評」は新聞・雑誌などを通じて紹介させていただくことがあります。その場合はお礼として、特製図書カードを差しあげます。

前ページの原稿用紙（コピーしたものでも構いません）に書評をお書きのうえ、このページを切り取り、左記へお送りください。祥伝社ホームページからも書き込めます。

〒一〇一―八七〇一
東京都千代田区神田神保町三―三
祥伝社
NON NOVEL編集長　金野裕子
☎〇三（三二六五）二〇八〇
www.shodensha.co.jp/bookreview

NON NOVEL

「ノン・ノベル」創刊にあたって

「ノン・ブック」が生まれてから二年一カ月、ここに姉妹シリーズ「ノン・ノベル」を世に問います。

「ノン・ブック」は既成の価値に〝否定《ノン》〟を発し、人間の明日をささえる新しい喜びを模索するノンフィクションのシリーズです。

「ノン・ノベル」もまた、小説《フィクション》を通して、新しい価値を探っていきたい。小説の〝おもしろさ〟とは、世の動きにつれてつねに変化し、新しく発見されてゆくものだと思います。

わが「ノン・ノベル」は、この新しい〝おもしろさ〟発見の営みに全力を傾けます。ぜひ、あなたのご感想、ご批判をお寄せください。

昭和四十八年一月十五日

NON・NOVEL編集部

NON・NOVEL —1051

魔界都市《まかいとし》ブルース　天使《てんし》たちの紅《あか》い影《かげ》

令和２年９月20日　初版第１刷発行

著　者　菊《きく》地《ち》秀《ひで》行《ゆき》
発行者　辻　浩明
発行所　祥《しょう》伝《でん》社《しゃ》
〒101-8701
東京都千代田区神田神保町 3-3
☎ 03(3265)2081(販売部)
☎ 03(3265)2080(編集部)
☎ 03(3265)3622(業務部)
印　刷　萩原印刷
製　本　ナショナル製本

ISBN978-4-396-21051-9　C0293　Printed in Japan

祥伝社のホームページ・www.shodensha.co.jp

サイコダイバー・シリーズ
魔獣狩り 新装版　夢枕 獏

長編超伝奇小説 新装版
魔獣狩り外伝 聖母隠陀羅・美空曼陀羅　夢枕 獏

長編超伝奇小説 新装版
新・魔獣狩り序曲 魍魎の女王　夢枕 獏

サイコダイバー・シリーズ⑬～㉕
新・魔獣狩り〈全十三巻〉　夢枕 獏

マン・サーチャー・シリーズ
魔界都市ブルース〈愁鬼の章〉　菊地秀行

マン・サーチャー・シリーズ
魔界都市ブルース〈幻舞の章〉　菊地秀行

マン・サーチャー・シリーズ
魔界都市ブルース〈恋獄の章〉　菊地秀行

マン・サーチャー・シリーズ
魔界都市ブルース〈愁哭の章〉　菊地秀行

マン・サーチャー・シリーズ
魔界都市ブルース〈鬼郷の章〉　菊地秀行

マン・サーチャー・シリーズ
魔界都市ブルース〈霧幻の章〉　菊地秀行

マン・サーチャー・シリーズ
魔界都市ブルース〈愁歌の章〉　菊地秀行

マン・サーチャー・シリーズ
魔界都市ブルース〈影身の章〉　菊地秀行

魔界都市ブルース
青春鬼　菊地秀行

魔界都市ブルース
闇の恋歌　菊地秀行

魔界都市ブルース
青春鬼 夏の羅刹　菊地秀行

魔界都市ブルース
妖婚宮　菊地秀行

魔界都市ブルース
〈魔法街〉戦譜　菊地秀行

魔界都市ブルース
狂絵師サガン　菊地秀行

魔界都市ブルース
美女祭綺譚　菊地秀行

魔界都市ブルース
虚影神　菊地秀行

魔界都市ブルース
屍皇帝《しこうてい》　菊地秀行

魔界都市ブルース
〈魔界〉選挙戦　菊地秀行

魔界都市ブルース
〈新宿〉怪造記　菊地秀行

魔界都市ブルース
ゴルゴダ騎兵団　菊地秀行

魔界都市ブルース
黒魔孔《こくまこう》　菊地秀行

魔界都市ブルース
餓獣の牙　菊地秀行

魔界都市ブルース
傭兵《ようへい》戦線　菊地秀行

魔界都市ブルース
幻視人《げんしびと》　菊地秀行

魔界都市ブルース
紅《くれない》の女王　菊地秀行

魔界都市ブルース
闇鬼刃《あんきじん》　菊地秀行

魔界都市ブルース
天使たちの紅《あか》い影　菊地秀行

長編超伝奇小説
ドクター・メフィスト 夜怪公子《やかいこうし》　菊地秀行

長編推理小説
十津川班捜査行 湘南情死行　西村京太郎

長編推理小説
近鉄特急 伊勢志摩ライナーの罠　西村京太郎

長編推理小説
十津川班捜査行 わが愛 知床に消えた女　西村京太郎

長編推理小説
十津川警部捜査行 外国人墓地を見て死ね　西村京太郎

トラベル・ミステリー
十津川警部捜査行 宮古《みやこ》行「快速リアス」殺人事件　西村京太郎

長編推理小説
生死を分ける転車台
天竜浜名湖鉄道の殺意　西村京太郎

トラベル・ミステリー
十津川警部捜査行 カシオペアスイートの客　西村京太郎

長編推理小説
十津川警部捜査行 SL「貴婦人号」の犯罪　西村京太郎

トラベル・ミステリー
十津川直子の事件簿　西村京太郎

長編推理小説
九州新幹線マイナス1　西村京太郎

トラベル・ミステリー
十津川警部 怪しい証言　西村京太郎

長編推理小説
十津川警部 哀しみの吾妻線《あがつま》　西村京太郎

推理小説
十津川警部 悪女　西村京太郎

長編推理小説
十津川警部 七十年後の殺人　西村京太郎

トラベル・ミステリー
十津川警部 裏切りの駅　西村京太郎

長編推理小説
十津川警部 絹の遺産と上信電鉄　西村京太郎

長編推理小説
十津川警部 わが愛する犬吠の海　西村京太郎

長編推理小説
十津川警部 予土線《ローカル》に殺意が走る　西村京太郎

長編推理小説
十津川警部 路面電車と坂本龍馬　西村京太郎

長編推理小説 十津川警部シリーズ
阪急電鉄殺人事件　西村京太郎

長編本格推理小説
鯨の哭《な》く海　内田康夫

長編推理小説
棄霊島《きれいじま》 上下　内田康夫

長編推理小説
還《かえ》らざる道　内田康夫

長編推理小説
汚《よご》れちまった道　内田康夫

長編旅情推理
釧路川殺人事件　梓林太郎

長編旅情推理
笛吹川殺人事件　梓林太郎

長編旅情推理
紀の川殺人事件　梓林太郎

長編旅情推理
京都 保津川殺人事件　梓林太郎

長編旅情推理
京都 鴨川殺人事件　梓林太郎

長編旅情推理
日光 鬼怒川殺人事件　梓林太郎

長編旅情推理
神田川殺人事件　梓林太郎

長編旅情推理
金沢 男川女川殺人事件　梓林太郎